별을 쫓는
소녀들

WITH TOMORROW X TOGETHER

별을 쫓는
소녀들

WITH TOMORROW X TOGETHER

별을 쫓는
소녀들

WITH TOMORROW X TOGETHER

별을 쫓는
소년들

WITH ＋OMORROW X ＋OGETHER

별을 쫓는
소년들

WITH ＋OMORROW X ＋OGETHER

WITH ┼OMORROW ╳ ┼OGETHER

기획/제작
HYBE

공동기획

WITH +OMORROW × +OGETHER

6
WEBNOVEL

학산문화사

차례

제 61 화

시작된 의심

삐이-.

이명이 귓전을 때렸다.

타호는 창백한 안색으로 다시 한번 마법서와 노트를 뒤적였다. 방금 자신이 해석한 내용이 사실이 아니라는 증거를 찾고 싶었다.

하지만 아무리 찾아 보아도, 비극적인 운명을 거부할 단서는 나오지 않았다.

손이 저절로 떨렸다. 타호는 엉망이 된 책상을 뒤로하고 멤버들이 모여 있는 거실로 나갔다.

한 걸음 한 걸음이 무겁게 느껴졌다.

타호가 방에서 창백한 얼굴로 나오자, 멤버들은 동시에 고개를 들었다. 타호는 그런 멤버들을 한 명 한 명 바라보았다.

유진은 아직도 몸을 잘 가누지 못하는 상태로 소파에 늘어져 있었고, 비켄은 테이블 한편에 어지럽게 널린 시약을 정리하는 중이었다.

아비스는 타와키를 쓰다듬고 있었고, 솔은 걱정스러운 눈빛으로 타호를 바라보았다.

타호는 멤버들을 둘러보며 더듬더듬 말하기 시작했다.

"마, 마법서를…… 해석한 것 같아."

"정말?"

"대단한데! 뭐가 쓰여 있어?"

아비스와 비켄이 화색을 띠며 타호에게 물었다.

"……우리의 미래에 대해서."

솔은 흠칫 놀라 고개를 들었다. 설마 자신의 악몽과도 관련이 있는 걸까.

타호가 끙끙거리며 해석하는 마법서가 중요한 것인 줄은 알았지만, 그런 내용까지 담겨 있을 거라고는 생각도 못 했다.

타호는 계속 말했다.

"다들 기억나? 우리 매직 아일랜드에서 수상한 점술사가 그랬잖아. 각자에게는 타고난 '진명'이란 게 있다고 말이야."

타호의 말에 다들 기억을 더듬었다. 많은 일이 있었지만, 워낙 특이했던 경험이어서 그런지 아직도 생생하게 기억했다.

"진명을 통해서 각자 예정된 삶을 알 수 있다고 했었잖아. 그때 점술사가 말했던 인물들의 정체를 마법서를 통해 유추할 수 있었어."

타호의 목소리가 살짝 떨렸다. 고통스러웠지만, 이것을 꼭 말해야 했다.

"진명이 정말 미래를 암시한다면…… 우리는 모두 불행하게 죽을 운명이야."

순간 비켄은 정리하던 시약 병을 놓쳤다.

탁-.

유리병이 둔탁한 소리를 내며 바닥으로 굴러갔다.

솔은 그 말을 듣고도 생각보다 놀랍지 않았다. 악몽을 꾸면 늘 보아 오던 그 결말을 말하는 듯했다.

"이상해. 우리는 세상의 악을 정화할 용신의 뜻을 돕는다며? 그런데 왜 우리는 하나같이 불행하게 죽는 건데?"

아비스의 물음에 아무도 대답할 수 없었다. 공간은 긴 침묵에 휩싸였다.

그때 비켄이 나직하게 속삭였다.

"있잖아. 용의 일족은 그 사실을 알까? 용신을 도와도 불행하게 죽는다는 것 말이야."

만약 그렇다면, 우리에게 왜 말하지 않는 걸까. 그들은 무엇을 이토록 숨기고 있는 걸까. 질문은 꼬리에 꼬리를 물고 이어졌다.

복잡한 상황 속에서 어떠한 부정도 긍정도 할 수 없었다.

솔은 직감했다. 용의 일족이 그 사실을 모를 리 없다는 것을.

다른 멤버들도 어렴풋이 느끼고 있는지, 침묵의 시간은 이어졌다. 그 누구도 쉽게 말을 떼지 못했다. 고민에 고민을 거듭하다 고개를 들었을 때는, 이미 새벽녘이었다.

솔은 눈가를 문질렀다. 고민하느라 밤을 새운 탓인지 눈이 침침했다.

한번 시작된 의심은 눈덩이처럼 그 크기를 불려갔다. 무심코 지나쳤던 용의 일족이 내뱉은 말들이 하나하나 단서처럼 보이기 시작했다.

솔은 눈을 가늘게 뜨고 눈앞의 상대를 흘겨보기 시작했다.

"기초 궁술 실력도 훌륭하지만, 빙의 마법을 일깨울수록 더 강력해질 것입니다."

수백 번 들었던 말이었다. 계속 되풀이해서, 귀에 딱지가 붙을 정도였다.

"좋은 점만 가득한 빙의 마법인데, 어째서 더 익히지 않는 것입니까."

계속해서 같은 말이었다. 이어질 말은 솔도 할 수 있을 정도였다.

'무책임하군요.'

"무책임하군요."

솔은 마지막 화살을 쏘며 길게 한숨을 내쉬었다. 그리고 몇 번 했던 질문을 다시 한번 했다.

"강사님."

솔은 불길했던 꿈을 떠올렸다. 타호가 해석한 마법서의 내용도 상기했다.

모든 예감이 말해줬다. 용의 일족이 시키는 모든 것, 예컨대, '빙의 마법'은 위험하다고 말이다.

"강사님은 제가 엘프의 힘을 지니고 있다고 하셨죠. 활을 잘

사용하는 건 그 덕분이겠죠. 하지만 엘프에게는 예지의 능력
도 있지 않나요?"

강사가 외알 안경을 치켜올렸다. 강사가 저런 행동을 할 때
는 당황해서라는 걸 이제 안다.

"그렇다고 하죠. 그런데 왜요?"

"모든 예감이 그 마법을 사용하면 안 된다고 말해주는 듯해
요. 다시 한번 물을게요. 정말 아무런 탈도 없는 건가요?"

솔은 물으면서도 강사에게 별 기대를 하지 않았다. 어떤 대
답을 할지 잘 알고 있었다.

"당연한 사실을 왜 묻는지 모르겠군요. 강해지고 싶지 않은
겁니까?"

솔은 한숨을 깊게 내쉬고 더 묻지 않았다. 강사는 빠르게 그
자리를 피하고 싶은지 다른 곳으로 향했다.

강사가 향한 곳은 아비스의 곁이었다. 아비스의 옆에는 거대
한 하피가 소환되어 있었다.

퍽-!

하피가 날아올라 부리로 단단한 철골을 부쉈다. 하피는 아
비스의 소환수 중 힘이 가장 강했다. 아비스는 자신의 말을 따
라 준 하피에게 고맙다는 의미로 손을 흔들었다.

카악-!

하피는 위협적인 부리를 열면서 날카롭게 울었다. 보통 사람이 보면 화난 듯이 보이겠지만 아비스는 알았다. 저건 기분 좋다는 울음이었다.

강사는 아비스에게 다가가서 말했다.

"좀 더 파괴적이고 공격적인 행위를 시키는 게 좋습니다."

아비스는 미간을 찌푸렸다. 하지만 강사는 아랑곳하지 않고 계속 말을 이었다.

"하피는 더 강해질 수 있습니다. 이 정도 수준은 놀이에 불과해요. 당신은 할 수 있지 않습니까. 오르니스족은 귀한 종족이니까요. 정말 기적 같은 힘입니다. 소환수가 이렇게 주인을 위해 헌신적이라니요."

주인이라니.

아비스는 한 번도 자신이 주인이라는 생각을 해본 적 없었다. 소환수들을 각별한 친구로 여겼다.

오히려 멸룡도가의 거듭된 습격에 대항하기 위해 소환수들에게 매번 도움을 요청해 부상 당하게 한 점이 마음에 걸리고 있었다.

당장 하피만 하더라도 날개가 불에 그을려 있고, 여기저기

생채기가 가득했다.

할 수만 있다면 전투에 불러내고 싶지 않았다.

하지만 소환수들은 언제 부르더라도 헌신적으로 전투에 응하며, 조건 없는 사랑을 베풀었다.

아비스는 다시 한번 하피를 바라보았다. 위협적인 울음을 낼 수 있는, 날카로운 발톱을 가진 강력한 소환수였다.

하지만 울음도 발톱도 애초에 먹이를 구하기 위한 사냥에 필요한 것이었다. 결코 자신의 전투를 돕기 위한 것이 아니었다.

"친구들을 다치게 하고 싶지 않아요."

"아니, 대체 왜 기꺼이 당신을 위해서 싸우는 환수들을 이용하고 싶지 않은 거죠? 소환수들도 당신을 위해 싸우는 걸 기뻐하잖아요."

강사는 흥분하여 거듭 주장했다.

"이게 얼마나 귀중한 힘인지 아십니까? 이, 이게 얼마나 대단한 능력인지 당신이 아냐고요! 우리 일족은 이 힘을 완전히 잃어버렸습니다. 그래서 되찾기 위해서 엄청난 노력을 했죠. 수많은 실험을 했지만 다 소용없었습니다. 소환수들은 절대 인간에게 종속되지 않아요. 아무리 설득하려고 해도 그들은 끄떡도 하지 않습니다."

강사는 하피를 황홀하게 바라보며 몽롱한 눈빛으로 말했다.

"하지만 당신은 그 모든 일을 이루어냈죠. 당신은 특별한 존재입니다. 위대한 오로니스족의 후손이시여. 소환수들을 발밑에 두고, 수족처럼 길들이세요."

강사는 흥분한 기색을 순식간에 바꾸어 경외하는 듯한 말투로 말했다.

아비스는 순간 미간을 잔뜩 찌푸렸다. 너무도 거만한 말이었다. 아비스는 이런 태도로 남들을 부리는 인간들의 특징을 잘 알았다.

'우리가 마법 없는 아이돌이었을 때, 마법 아이돌과 스텝들도 우리를 당연하게 무시했지. 마법 아이돌들만이 선택받은 자들이라며 다른 이들이 소외받는 건 당연시했어.'

아비스는 고통스러운 기억을 떠올렸다.

'용의 일족이 그들과 다른 게 뭐지? 세상을 구할 선한 종족이라면서 소환수들은 짓밟고 사용해도 되는 거야?'

아비스는 강사를 매섭게 바라보았다.

강사는 아비스의 시선을 무시한 채 외알 안경을 고쳐 쓰고 한쪽 입꼬리를 올리며 웃었다. 아비스가 뭐라 말하려고 했지만, 강사는 기다리지 않았다.

"빙의 마법은 조금만, 아주 조금만 더 참고 견디면 될 것입니다."

강사는 빙글 돌아서서 타호에게 갔다. 아비스는 고개를 저었다. 이런 마음이 소환수에게도 전해졌는지, 하피가 다가와서 부리로 아비스의 머리를 살짝 긁었다.

타호는 적당히 훈련하는 척하다가 강사가 다가오자 자연스럽게 말을 붙였다.

"저, 궁금한 게 있는데요. 저희에게 매번 '빙의 마법은 특별하다'고 하잖아요. 그런데 그걸 떠나서, 마법의 힘 자체를 지닌 게 특별한 것 맞죠? 흔히들 선택받은 자들이다 뭐다 하잖아요."

"당연한 말씀을 하시는군요. 마법은 아무나 사용할 수 없습니다. 오로지 선택받은 자들만 쓸 수 있죠."

"그럼, 멸룡도가도 특별하겠네요. 그들도 마법을 쓰잖아요."

타호는 슬쩍 강사의 눈치를 보며 별일 아닌 듯 말했다. 그러자 아니나 다를까, 강사가 격노하며 말했다.

"어디서 벌레 같은 것들과 비교하는 겁니까! 우리는, 그리고 별의 소년들은 그런 치들과 비교도 할 수 없는, 위대한 용신의 후손입니다!"

강사는 타호의 손목을 꽉 잡고 외쳤다. 얼마나 힘을 줬는지, 손톱이 살을 파고들었다. 타호는 고통 따위 아무렇지 않은 듯, 화를 내는 강사를 가만히 내려다보기만 했다.

멤버들이 말리려고 다가오자, 강사는 숨을 짧게 내쉬며 손목을 거칠게 놓았다.

타호는 스타원에게 훌륭한 인재다 뭐다, 감언이설을 내뱉는 것보다도 이런 강사의 모습이 진짜 모습일 거라 생각했다.

용의 일족은 항상 이런 태도였다. 귀한 힘에는 찬사를 늘어놓지만, 필요 없다고 생각되면 곧바로 내쳤다.

픽ー!

그때, 허수아비가 쓰러지는 소리가 들렸다. 타호는 훈련 중인 유진을 바라보았다. 요즈음 유진은 아무 말도 하지 않았다. 그저 빙의 마법을 시전하며 허수아비를 부술 뿐이었다.

쓰러진 허수아비를 바라보는 유진의 눈빛이 매서웠다.

타호는 무어라 말을 걸어 보려다 이내 입을 다물었다.

"하아⋯⋯."

혼란한 마음은 시약 조제에도 영향을 미치는 걸까.

비켄은 방금 막 완성된 시약을 바라보며 한숨을 내쉬었다. 정신이 딴 데 있어서인지, 중간부터 배합을 완전히 잘못해버렸다.

비켄은 유리병을 들어 시약의 향을 맡아 보았다. 언제부터인가 새로 생긴 능력인데, 굳이 대상에 시험해보지 않아도 향을 음미하면 이 약이 어떤 효능을 가졌을지 대략적으로 감이 왔다.

"……음? 생각보다 더 이상한 게 만들어졌네."

향을 맡자마자 바로 알았다. 이건 기억을 잃게 만드는 효능을 가진 시약이었다.

'상처 회복에 도움을 주는 것도 아니고, 이걸 어디에다가 쓰지.'

비켄은 버릴까 하다 고개를 저었다.

'혹시 모르니까 일단 챙기자.'

비켄은 시약병의 뚜껑을 닫고 주머니에 넣었다. 그리고 창밖을 바라보았다. 어느새 어둑어둑해지고 있었다.

'주디와 창에게 음식을 전해주려면 지금 다녀오는 게 좋겠지.'

지금 시간에는 주변을 순찰하는 일족의 수가 적었다.

비켄은 음식을 담은 배낭을 메고 숙소 문을 열었다. 그러곤 최대한 아무렇지도 않은 척, 복도를 걸어갔다.

제 62화

사라진 마법서

비켄은 숙소를 나와 긴 복도를 걸었다.

성의 입구에서 성 방향으로 왼쪽으로 세 걸음, 오른쪽으로 네 걸음 가면 창과 주디가 있는 71호 방이 있었다.

끼익-.

비켄은 조심스럽게 문을 열었다. 그러자 아무것도 보이지 않는 어두컴컴한 공간이 비켄을 반겼다. 비켄은 재빨리 들어와 문을 닫았다. 그리고 작게 속삭였다.

"얘들아, 나야."

비켄이 말하자 방이 천천히 밝아지기 시작했다. 주디가 발광 마법을 쓴 것이었다. 주디는 쪼르르 나와 비켄의 손을 잡았다.

"오셨군요!"

"오늘도 들키지 않았지? 일단 이것부터 받아."

비켄은 가방에 잔뜩 싸 온 먹을거리를 전해주었다. 최대한 많이 가져왔지만, 항상 모자랄까 봐 걱정이었다.

주디는 비켄이 싸 온 것을 보며 방긋 웃었다.

"감사합니다."

"더 많이 가져오고 싶었어. 걱정했어. 굶고 있을까 봐."

"감사합니다. 하지만 요즘엔 창이 이곳저곳을 돌아다니면서 넉넉하지는 않지만 그래도 하루에 한 끼 정도는 해결할 수 있게 되었어요."

비켄은 미간을 찌푸렸다. 이렇게나 마른 아이들이 하루에 한 끼를 겨우 먹는다니. 한숨이 저절로 나왔다.

"배고팠겠다."

주디는 배시시 웃었다.

"저는 원래 항상 이래서 괜찮아요."

스타원에게는 늘 야채 수프를 끓여줬으면서 정작 자신은 먹지 못했나 보다. 비켄은 더 착잡해졌다.

걱정하는 비켄과 달리 주디는 밝게 웃으며 창에게 말했다.

"창아, 너도 감사 인사해야지."

창은 쑥스러운지 쭈뼛거리며 다가와 고개를 꾸벅 숙였다.

경계심은 좀 남아 있지만, 그래도 숨겨주기도 했고 여기에 몇 번 와서일까. 퍽 가까워졌다.

창은 배가 고팠는지 비켄이 가져온 과자를 덥석 물었다. 맛있는지 한 입 먹자 눈이 반짝거렸다. 비켄은 그걸 흐뭇하게 바라보았다.

주디는 잘 먹는 창을 꼭 껴안았다.

"다행이다. 식욕이 있어서. 창이 어제는 아무것도 먹지 못했거든요."

"미안. 어제 오고 싶었는데……."

"아니, 먹을 건 있었어요. 단지……."

창은 과자봉지를 뚝 떨어트렸다. 비켄은 보았다. 창의 팔이 부들부들 떨리고 있었다.

"무슨 일 있었어?"

주디는 창의 눈치만 보며 입을 꽉 다물었다. 비켄은 자상하게 웃으면서 허리를 굽혀 과자봉지를 주워 건넸다.

"괜찮아. 곤란한 거면 말 안 해도 돼."

창은 과자봉지를 받아 들고 비켄을 빤히 바라보았다. 그러더니 갑자기 비켄의 옷자락을 꽉 쥐었다.

"찾았어요."

주어가 없었다. 비켄이 채근하지 않고 가만히 기다리자, 창은 고개를 푹 숙이며 말했다.

"실종된 멸룡도가 마법사들을 찾았어요."

"실종된? 음……, 우리를 공격했던 그 멸룡도가 마법사 말이야?"

창은 말없이 고개를 꾸벅했다. 비켄은 좋아해야 할지, 경계해야 할지 모르겠는 난감한 표정을 지었다.

"그들을 어디서 찾았다는 거야?"

"이곳, 드래곤 피크에서 찾았어요. 먹을 것을 찾으러 여기저기 순찰을 다니고 있는데, 으으……."

창은 말하다 말고 두려운 듯 몸을 떨었다. 비켄은 그런 창을 한 번 꽈악 안아 주었다.

"괜찮으니까 말해봐. 무슨 일이 있었던 거야?"

"피로……."

창은 파리한 안색으로 입을 가렸다.

"멸룡도가 마법사들의 피로, 용의 일족이 가진 아티팩트를 강화하고 있었어요."

비켄은 자기도 모르게 숨을 죽였다. 창의 몸은 여전히 떨렸다.

비켄은 용의 일족이 지닌 아티팩트를 떠올렸다. 아티팩트들의 외관에는 공통점이 있었다.

'다 낡아 보였어.'

형태만 겨우 유지할 뿐, 소멸해가는 유물 같은 느낌이었다. 그걸 강화하려고 멸룡도가 마법사의 피를 바치는 것이었다.

믿을 수 없을 정도로 굉장히 잔혹한 일이었다. 하지만 비켄은 용의 일족이라면 그럴 수도 있을 것 같단 생각이 들었다.

'이걸 멤버들에게도 말해야 할까?'

비켄 혼자서만 알고 넘어가기에는 너무 큰 문제였다.

하지만 그러려면 주디와 창을 숨겨줬다는 사실부터 모두 말해야 할 터였다. 점점 숨기는 것이 많아졌다. 슬슬 한계가 느껴졌다.

'언젠가 말해야 할 거 같긴 한데……'

사실, 지금이 말하기에 최적의 타이밍인 것 같기도 했다. 마법서를 해석한 뒤, 다들 용의 일족에 대한 의심이 짙어지고 있었다.

비켄은 돌아가 멤버들에게 의논하기로 생각하고, 떨고 있는 창의 머리를 쓰다듬었다.

"무서웠을 텐데 말해줘서 고마워."

"아니에요."

비켄은 스마트 워치를 확인했다. 슬슬 나가야 했다.

"꼭꼭 숨어 있고, 들키지 마."

"네."

창과 주디가 대답하는 것을 듣고 비켄은 문을 열고 재빨리 닫았다.

비켄은 무사히 숙소로 돌아왔다. 항상 그랬던 것처럼 조용할 줄 알았다.

하지만 비켄은 굉장히 당황했다. 거실에서 멤버들이 여기저기 돌아다니며 뭔가를 찾고 있었다.

"무, 무슨 일이야?"

솔은 카펫 아래를 뒤지며 말했다.

"타호의 마법서가 사라졌어. 해석한 노트까지."

"뭐? 아니, 잃어버린 거야?"

비켄의 물음에 타호가 말했다.

"아니, 난 오늘 마법서를 계속 숙소에만 뒀어. 이 숙소 안에 있어야 하는데, 아무리 찾아봐도 없어."

카펫 아래에도 역시 없었다. 솔이 손을 털고 있을 때, 다른 멤버들이 각자 방에서 나왔다.

"내 방에는 당연히 없어."

유진이 고개를 절레절레 저으며 말했다. 그러자 솔이 다시금 타호에게 물었다.

"타호야. 잘 생각해 봐. 오늘 어디 갔었어?"

타호는 답답함에 머리를 쓸어올리며 말했다.

"나 오늘 어디 안 갔어. 훈련 갔다 온 게 다야. 당연히 마법서는 두고 갔고."

유진이 어수선한 거실을 둘러보며 말했다.

"그럼 누가 책상에 있는 마법서를 가져간 거네."

솔이 그럴 사람이 누가 있겠냐고 물으려고 할 때였다. 비켄이 먼저 대답했다.

"용의 일족 아니야?"

솔은 눈을 깜박였다. 비켄은 어깨를 으쓱하며 대답했다.

"아니, 우리 숙소를 마음대로 출입할 수 있는 사람은 용의 일족밖에 없잖아."

"그렇긴 한데……."

"여긴 용의 일족의 성이잖아. 침입하기도, 남모르게 가져가기도 쉬웠겠지. 특히 우리가 훈련하는 시간도 알고 있고 말이야. 그런데, 하필 왜 지금 훔친 걸까?"

타호가 팔짱을 끼면서 말했다.

"어느 정도 해석을 마쳐서? 애초에 마법서는 용의 일족도 모르는 단어와 상징성투성이였거든. 그들의 능력으로도 해석을 못 하는 것처럼 보였어. 하지만 내가 해석해놓은 노트와 함께라면 충분히 의미를 알 수 있을 거야."

"해석을 했다는 사실을 아는 것부터가, 우리가 하는 말을 늘 감시하고 있었다는 말로도 들리네."

"그렇지. 대체 그들은 어디까지가 진실이고, 거짓인 걸까."

솔이 답답한 듯 말했다. 비켄은 멤버들을 바라보았다. 그 말을 하기에는 지금이 적기였다.

"혼란스러운 상황인데, 지금 말할 게 있어. 음, 우선 사과부터 할게. 나 사고 쳤어."

솔은 깜짝 놀라서 물었다.

"뭐, 뭔 사고?"

"주디랑 주디 동생이 용의 일족에게 쫓기길래 숨겨줬어."

솔은 바로 경계하며 물었다.

"뭐? 주디의 아버지와 동생은 멸룡도가로 달아났다고 하지 않았어?"

"약을 구하기 위해서였다곤 하지만, 그렇지. 그래서 난 멸룡도가를 숨겨준 셈이 되었어. 하지만…… 약한 아이들을 그렇게 둘 수는 없었어. 내 멋대로 행동한 건 사과할게."

솔은 한숨을 내쉬었다. 상황을 아니까 뭐라 할 수가 없었다. 만약 자신이 비슷한 상황에 놓인다고 해도 비켄처럼 했을 것이다.

'하지만 이건 내 생각이지.'

솔은 슬쩍 멤버들을 바라보았다. 유진도 침묵만 지키고 있었다. 오히려 타호가 비켄에게 매섭게 말했다.

"비켄. 더 숨기는 무언가가 있지? 우리에게 말 안 한 것."

"어?"

타호는 마법서를 꼭 되찾고 싶었다. 이제 겨우 실마리를 찾은 듯했는데 이대로 빼앗길 수 없었다.

우리의 미래를 알고 싶어서 밤낮을 가리지 않고 해석에 매달렸었다. 앞으로의 일에 그 마법서가 얼마나 큰 도움이 될지 모르는데, 이렇게 허무하게 빼앗길 수는 없었다.

"음. 사실, 주디 동생에게서 들었는데 말이야. 용의 일족이 멸룡도가 마법사들을 납치해서 그들의 피로 자신들의 아티팩트를 강화한대."

"뭐? 그런 끔찍한 일을······."

아비스가 눈살을 찌푸리며 반응했다. 다른 멤버들도 놀란 채 굳어 있었다.

"그걸 어디서 봤대?"

솔이 물었다.

"먹을 것을 찾아 다니다가 우연히 봤다는데. 아! 그러면 혹시 마법서가 있는 곳을 알 수도 있겠다."

비켄은 눈을 번뜩였다.

"지금 당장 가보자. 그 아이에게 물어보는 거야."

타호가 바로 앞장섰다. 패밀리어인 라타토스크가 재빨리 타호의 어깨로 올라왔다.

"자, 잠깐!"

갑작스럽게 움직이는 타호의 어깨를 잡고 비켄이 멈칫했다.

"용의 일족에게 들키지 않게 조심해야 해. 지금 시간은 좀 아슬아슬한데 그래도 바로 가면 될 거 같기도 하고……"

솔은 둘에게 말했다.

"나도 함께 갈게. 셋이서 다녀오자."

아비스는 자신도 가고 싶었지만, 손을 흔들며 배웅했다. 유진은 그저 아무 말도 하지 않고 고개만 끄덕였다.

비켄은 71호로 향하는 길을 능숙하게 안내했다. 솔과 타호는 이런 길이 있었다는 사실에 놀라워하며 조심조심 걸었다.

비켄은 아까처럼 문을 열고 멤버들을 들여보낸 뒤, 바로 문을 닫았다. 그리고 조용히 속삭였다.

"주디야, 나야. 이번에는 멤버들이랑 같이 왔어."

하지만 방 안은 계속해서 어두웠다. 비켄은 다시 말했다.

"겁먹지 않아도 돼. 멤버들에게도 다 말했고, 모두 괜찮다고 했어."

그러자 서서히 방이 밝아졌다. 주디는 오랜만에 보는 스타원을 보며 어쩔 줄을 몰라 했다. 주디가 무서워하는 거 같아서 솔은 일부러 웃어 보였다.

"오랜만이다. 걱정했는데, 무사하네. 비켄에게 말 들었어."

솔의 다정한 말에 주디는 활짝 웃었다. 그리고 금세 예전처럼 쪼르륵 다가갔다.

"솔 님도 잘 지내서 다행이에요. 다른 분들도 잘 지내시죠?"

솔은 아이의 머리를 쓰다듬었다. 주디는 멀리 있는 창에게 어서 오라는 듯 손짓했다. 창은 눈치를 봤지만, 그래도 천천히 다가왔다. 하지만 비켄의 옆에만 있었다.

비켄은 아이의 머리를 쓰다듬으며 물었다.

"있지, 창아. 좀 물어볼 게 있어."

창이 고개를 들었다. 비켄은 조심스럽게 말을 꺼냈다.

"우리에게 무척 소중한 물건을 용의 일족이 훔쳐간 거 같아. 혹시 그게 어디 있는지 아니?"

"어떤 물건인가요?"

"책. 그런데 굉장히 귀중한 책이야."

창은 잠시 고민했다. 그러더니 금세 고개를 들고 말했다.

"용의 일족의 중요한 아티팩트를 모아두는 곳이 있어요. 잘 모르지만, 그 안에 모아두면 절대 잃어버리지 않는다고 해요. 그런데 그곳의 위치는 아주 소수끼리만 공유한다고 들었어요."

비켄은 다시 한번 물었다.

"그곳이 어디인지는 모르지?"

창은 고개를 끄덕였다.

"네. 단지 이곳 71호 방이 그곳에 가기 위한 통로라는 단서밖에 없어요."

비켄은 71호를 둘러보았다. 그냥 수많은 거울로 둘러싸인 곳이었다.

숨기 좋은 곳이라고만 생각했는데, 비밀창고의 통로라니. 굉장히 의외였다.

창은 작은 목소리로 사과했다.

“죄송해요. 이런 거밖에 몰라서요.”

“아니야. 정말 도움이 됐어.”

타호는 창 덕분에 정보가 생겼지만, 창고로 향하는 구체적인 방법을 몰라서 초조했다.

그때 타호의 어깨에 얌전히 붙어 있던 라타토스크가 여기저기 돌아다니며 거울을 툭툭 쳤다. 타호는 눈을 가늘게 뜨고, 라타토스크가 가리킨 거울을 바라보았다.

오른쪽 벽과 천장에는 모양과 크기가 다른 거울들이 빈틈없이 채워져 있었다.

타호는 거울들을 보며 생각에 잠겼다.

‘화려하고 빈틈이 없군. 하지만, 용의 일족은 나름 실용적인 사람들이지.’

이들은 의외로 허례허식 없이 꼭 필요한 것만 갖춰놓았다. 그들은 이득과 쓸모가 없으면 절대 들여다 놓지 않았다.

‘이 거울들을 여기에 둔 이유가 있을 거야.’

창은 이곳이 보물창고로 가는 통로라고 했다. 타호는 더는 고민하지 않았다. 그리고 바로 심안을 틔웠다.

눈이 뜨거워졌다. 아지랑이들이 스멀스멀 존재를 드러냈다. 하지만 막상 거울에는 보이지 않았다.

타호는 수많은 거울을 하나하나 심안으로 확인했다. 벽면을 가득 채운 거울 앞에 서자, 굴곡 속에 자신의 모습이 비쳤다.

어떤 거울 속에도 마력 아지랑이는 없었다. 타호는 그래도 꼼꼼히 거울 하나하나를 확인했다.

그때, 구석의 한 거울에서 특이한 문양이 눈에 띄었다.

제일 바닥에 있는 거울이었다. 타호는 그 거울을 더 자세히 바라보았다. 거울 표면에 이상한 문양이 보였다.

'이건 뭔지 알 거 같아.'

그 문양은 타호에게 익숙했다. 멸룡도가 허공에서 갑자기 나타날 때 저런 마법진 문양이 늘 나타나곤 했었다.

제 63 화

용의 진실

타호는 구석의 거울 앞에 다가가 섰다. 하지만 타호의 모습이 비치지 않았다.

'역시⋯⋯.'

비밀이 숨겨진 거울인 게 분명했다. 타호는 지그시 거울을 응시했다. 그러자 불투명했던 거울이 천천히 맑아지기 시작했다.

거울을 통해 익숙한 복도가 스치듯 보였다. '17호'라는 호수가 퍽 눈에 띄었다.

이 거울의 용도를 정확히 알지 못하지만, 왠지 느낌이 왔다. 원하는 곳으로 데려다주는 통로형 아티팩트처럼 보였다.

하지만 수많은 거울로 둘러싸인 방에, 그것도 구석 모퉁이에 있는 작은 거울에 그런 기능이 있을 거라고는 누구도 상상

하지 못할 터였다.

아마 용의 일족 중에서도 일부만 알 듯했다.

타호는 입술을 꽉 깨물었다. 그리고 돌아서서 말했다.

"찾은 것 같아. 여기, 이 거울을 이용하면 마법서가 있는 곳으로 갈 수 있을 거 같아."

주디가 가장 먼저 감탄하며 외쳤다.

"에? 대, 대단해요. 어떻게 알았어요?"

타호는 눈을 툭툭 두들기며 대강 대답했다.

"눈이 좋은 거 알잖아. 시간이 없어. 가자."

타호는 거침없이 거울 안으로 발을 들이밀었다. 순식간에 사라지는 타호를 보며 비켄과 솔도 따라갔다. 신기하게도 발을 디디자마자, 거울에 비쳤던 복도가 눈앞에 펼쳐졌다.

하지만 신기할 새도 없었다. 도착한 복도에는 셋만 있는 것이 아니었다. 17호 입구에 하얀 로브를 입고 긴 수염을 기른 마법사가 있었다.

"쉿!"

솔이 타호와 비켄을 멈춰 세우고 몸을 숨겼다.

마법사는 타호의 마법서와 해석본 노트를 보고 있었다.

망설일 필요가 없었다. 바로 공격해서 저 마법서를 빼앗아야 했다. 솔은 바로 불 화살을 장전했다. 하지만 손이 멈칫거렸다.

쏠 수 없었다. 용의 일족을 향한 의심이 턱끝까지 차올랐지만, 그래도 아직은 이들의 본거지 안이었고, 명목상 소년들은 용의 일족의 도움을 받고 있었다.

'만약 이 화살을 쏜다면 관계를 돌이킬 수 없을 거야.'

"거기, 뭡니까!"

솔이 잠시 머뭇거린 사이, 용의 일족에게 들키고 말았다.

마법서를 보던 마법사가 자신의 팔을 단도로 내리그었다. 그러자 바닥에 피가 뚝뚝 떨어지더니, 그곳에서 단단한 바위가 수십 개 생겨나기 시작했다.

데구르르-!

좁은 복도에 바위가 쏟아지며 멤버들이 있는 곳으로 굴러왔다.

쾅-!

"위험해!"

비켄은 급히 나무 덩굴들을 바닥에서 불러일으켰다. 하지만 식물도 없고 햇빛이 잘 들지 않는 실내 복도여서일까. 덩굴들은 순식간에 자라지 않았다.

가느다란 가지들이 겨우 바위를 막고 있었지만, 곧 부러질 거 같았다.

'더 큰 힘이 필요해.'

비켄은 바로 빙의 마법을 펼쳤다. 빙의 마법을 시작하는 기분은 여전히 불쾌했지만, 어깨에서 가시와 덩굴들이 삐죽 솟아 나왔다.

겨우겨우 바위를 막느라 힘겨웠던 가지들은 곧 굵은 가지들 속에 묻혀 들어갔다.

비켄이 덩굴로 잠시 틈을 벌어 준 사이, 솔은 더 이상 망설이지 않았다. 바로 화살을 장전했다. 화살은 마법사의 어깨를 향해 날아갔다.

"큭!"

화살이 명중하자, 마법사의 손에 있던 마법서와 해석본 노트가 떨어졌다.

꽤 치명타였음에도 마법사의 저항은 끝나지 않았다. 그는 마법 주문을 외우는 듯, 뭔가를 중얼거렸다.

그러자 복도 주변에 검은 안개가 스멀스멀 올랐다. 처음 보는 것임에도 위험이 느껴졌다.

'위험해. 닿으면 안 돼.'

타호는 눈을 가늘게 뜨고 바로 심안을 틔웠다.

검은 안개를 둘러싸고 아지랑이 형태의 올가미가 꾸물꾸물 펼쳐지고 있었다. 그것에 닿으면 어떻게 되는지 모르지만, 굳이 효과를 알고 싶지 않았다.

타호는 바로 심안을 활성화시켜 아지랑이들을 끊었다. 검은 안개가 멤버들을 옭아매지 못하고 공중에서 흩어지자, 마법사는 당황한 듯 보였다.

"크윽……!"

마법사가 화살에 맞은 곳을 부여잡고 신음을 내뱉는 사이, 솔은 다시 화살을 장전했다.

그리고 마법사가 주문을 외울 때마다 화살을 쏘았다. 당신의 속셈을 안다는, 그러니 어떤 주문도 외우지 말라는 정중한 협박이었지만, 마법사에게는 통하지 않았다.

"크아악!"

마법사는 분노한 채 괴성을 지르며 손목에 걸고 있던 뭔가를 꾹 쥐고 눌렀다.

'마법 아티팩트다.'

스타원은 바로 알았다. 위험한 기능이 숨겨진 아티팩트라는 사실을.

비켄은 그걸 깨닫자마자 어깨에 돋친 가시들을 요동쳐, 마법사와 멤버들 사이에 덩굴 벽을 세웠다. 마법사의 아티팩트에서 붉은빛이 맹렬히 쏘아져 나오기 시작했다.

'저게 뭐지?'

천장에서 붉은 불꼬챙이 같은 가시들이 뚝뚝 떨어졌다. 돌덩어리를 막은 비켄의 넝쿨들이 간신히 막아주고 있지만, 가지가 타들어가며 못 버티기 시작했다.

솔은 이제 전심전력으로 공격하기 시작했다. 화살은 아티팩트를 쥔 마법사의 손으로 날아갔다. 화살은 마법사의 손목을 꿰뚫었다.

"크억!"

마법사는 비명을 지르며 아티팩트를 놓쳤다. 비켄은 마력을 한껏 끌어올려서 나무 기둥과 덩굴을 강화했다.

'버텨야 해.'

쾅- 쾅-!

붉은 불 가시들은 요란한 소리를 내며 몇 개 더 떨어졌지만, 마법사가 아티팩트를 놓쳐서인지 더는 생기지 않았다. 솔이 다시 화살을 장전했을 때였다.

'어라?'

순간,

쿵-!

마법사가 가슴을 부여잡으며 바닥에 쓰러졌다.

시전자가 쓰러지자, 불 가시와 바위들이 사라졌다. 여기저기 움푹 팬 복도에는 비켄의 기둥과 넝쿨만이 있을 뿐이었다.

타호가 눈을 깜박이며 말했다.

"기절한 거 같다."

"그, 그러게. 뭔가 생각보다 미숙하네. 마법을 처음 사용하는 건가?"

솔과 비켄은 바닥에 누워 기절한 마법사를 바라보았다. 솔은 바닥에 떨어진 마법사의 아티팩트를 보며 창이 했던 말을 떠올렸다.

"멸룡도가 마법사의 피를 사용해 억지로 강화해서 이러는 거 아닐까?"

인간의 피를 이용한 사술로 강화해서 완벽하지 않은 듯 보였다. 비켄은 덩굴들을 헤치고 마법사에게 가까이 다가갔다.

"상처는 생각보다 크지 않은 듯한데, 우리가 이렇게 흔적들을 남기고 가면 용의 일족이 가만두지 않겠지?"

타호는 고개를 끄덕이며 마법서와 노트를 주웠다. 다행히 전투로 인해 찢긴 곳은 없었다.

"그러게 말이야. 어떻게 무마한담……. 아! 맞다. 나 좋은 거 있어!"

비켄은 말하며 주머니에서 유리병 하나를 꺼냈다.

"시약?"

"이것저것 조합해 보다가 우연히 만들게 된 건데, 기억을 잃게 하는 약이야. 이거 사용해 보자!"

"오오, 딱 좋다."

비켄은 마법사의 입안에 시약을 부었다. 솔은 고개를 갸웃거렸다.

"기억을 잃게 하는 건지 어떻게 알아?"

"사실 나도 짐작을 할 뿐, 써 보는 건 처음이야. 하지만 느낌이 와. 효과는 확실할 거야!"

마법사의 목을 타고 시약이 넘어갔다. 비켄은 이번에는 다른 시약을 입안에 부었다. 그건 묻지 않아도 알았다. 상처를 회복시키는 포션이었다.

"사실 아까운 포션 부어 주기 싫은데, 그래도 상처가 있으면 의심할 테니까 말이야."

솔은 한숨을 내쉬었다. 비켄의 힘으로 부상은 없앴지만, 전혀 의심받지 않을지 걱정되었다.

"후우……."

사건이 일단락되자, 솔은 마법사가 했던 공격을 되새겨 보았다. 마법사의 공격은 굉장히 매서웠다.

"이 마법사, 우리를 해치려는 게 진심이었지?"

"응. 그간의 호의가 무색할 정도였어."

솔은 머리가 지끈거렸다. 용의 일족이 어떤 사람들인지 다시금 적나라하게 본 기분이었다.

타호는 마법서와 노트를 잘 챙기며 말했다.

"일단 71호로 돌아가자. 이곳에 계속 있으면 위험해."

솔과 비켄은 고개를 끄덕였다. 그리고 천천히 타호의 뒤를 따라갔다. 왔던 복도를 되돌아가니, 71호에서 주디와 창이 초조하게 기다리고 있었다. 잔뜩 걱정한 기색이었다.

주디는 셋을 발견하자마자 바로 달려왔다.

"왜 먼지투성이에요? 다친 곳은 없죠?"

"아, 그게. 전투가 있었어."

주디의 안색이 새파래졌다.

"세상에. 괜찮아요?"

"괜찮아. 익숙해. 그간 전투가 한두 번 있었던 것이 아니잖아.”

“휴. 다행이에요…….”

주디는 안도의 한숨을 푹 내쉬었다. 솔은 그런 주디의 머리를 쓰다듬으며 조금 웃었다. 바위의 돌가루를 잔뜩 마셔서일까. 입안이 굉장히 씁쓸했다.

“힘들어 보여요. 어서 가서 쉬세요.”

주디의 말에 솔이 쓰게 웃으며 말했다.

“너희도 함께 우리 숙소로 가 있자. 낌새를 눈치채면 이곳으로 올지도 몰라.”

“하, 하지만……. 으, 으앗!”

창이 들킬까 봐 주디가 머뭇거리는 사이, 비켄이 둘을 어깨에 둘러멨다.

“자자, 어서 가자.”

그렇게 비켄과 솔, 창과 주디가 거울의 방을 나섰다.

타호도 마법서와 노트를 챙겨 들고 조심스레 뒤따라 나섰다. 아무도 마주치지 않았지만, 성의 복도가 유난히 길게 느껴졌다.

그렇게 살금살금 스타원의 숙소로 돌아와 문을 단단히 걸어잠갔다.

유진과 아비스가 토끼 눈을 하고 그들을 맞이했다.

"어, 마법서는 찾은 거야? 아이들은 또 뭐고."

유진의 질문에 타호가 답했다.

"응, 용의 일족이 훔쳐 갔더라. 한바탕 전투를 하고 겨우 찾아왔어. 많은 일이 있었지만 나중에 설명할게."

타호가 말하자 솔도 이어 말했다.

"그러게. 힘들다. 세상의 악을 정화하고 사람들을 구원할 용신의 뜻을 돕는다며, 스스로 영웅이라고 말한 사람들치고는 진심으로 살의를 담아 공격해서 조금 놀랐어."

넌지시 생각한 의심과 실제로 겪은 것은 조금 다른 모양이었다. 그때, 창이 외쳤다.

"그, 그들이 그래요? 세상의 악을 정화할 용신이라고?"

항상 우물쭈물하던 아이치고는 큰 목소리였다. 창은 솔을 보며 입술을 꽉 깨물었다. 타호는 조심스럽게 말했다.

"응? 그게 아니야? 뭔가 달라?"

"이럴 수가. 용, 용의 일족은 당신들을 속이고 있어요. 용신의 뜻이, 사람들을 구원한다고요?"

"창아!"

주디는 서둘러 동생을 말렸다. 창은 입술을 달싹이며 비켄을 바라보았다. 눈동자가 하염없이 떨렸다. 아이는 할 말이 있는데 말을 해야 할지 말지 고민하는 거 같았다.

"괜찮아. 나는 너를 믿어."

비켄은 자신도 모르게 흘러나온 말에 스스로 놀랐다. 하지만 진심이었다. 수없이 습격했던 멸룡도가 마법사들은 여전히 싫지만, 적어도 자신이 구해준 창은 믿었다.

창은 비켄의 말에 주먹을 꽉 쥐었다. 그리고 결심했다는 듯 솔과 타호에게 말했다.

"용은, 세상을 구하는 존재가 아니에요. 오히려 세상의 절반을 멸망시킬 거예요."

솔은 눈을 깜박였다. 창의 목소리가 귓가에 울렸다.

놀랐다는 말로는 부족했다. 창의 말을 듣는 순간, 등이 섬찟했다. 시린 가시가 피부 속을 파고드는 거 같았다. 오싹하고, 두려웠다. 창은 이어서 거침없이 말을 토해냈다.

"당신들도 결코 무사하지 않아요. 당신들은 용신이 부활하는 날, 죽게 될 거예요."

너무 충격적인 얘기여서일까. 뜻을 이해하기가 힘들었다. 와닿지 않았다.

숨을 쉬기가 힘들었다. 솔은 짧게 심호흡을 했다. 손을 떨고 있다는 걸, 지금에서야 알았다.

하지만 왜일까.

'맞는 말 같아.'

문장 하나하나, 의미를 곱씹을수록 이 느낌은 점점 강해졌다.

"용의 일족은 그저 당신들을 이용하고 있을 뿐이에요. 세상의 절반을 멸망시킬 용의 부활을 위해서. 이게 바로 끝용 전설이에요. 그들이 그렇게 숭배하는 용의 진실이라고요!"

솔이 넌지시, 아니, 어쩌면 약간은 알고 있었던 그림이 형태를 드러냈다. 솔은 조심스럽게 타호와 비켄을 바라보았다.

비켄은 기가 막히는지 이를 악물고 외쳤다.

"그게 용의 전설이라고? 아니, 그럼 우리는 뭐야. 세상의 악을 정화한다며. 그걸 도우라며!"

타호는 흥분한 비켄을 말렸다.

"진정해."

솔은 창을 돌아보았다. 아이는 주먹을 꽉 쥔 채, 떳떳하게 고개를 들고 있었다. 진실의 여부는 아직은 모르지만, 당당한 태도를 보면 아이가 지금 한 말이 거짓 같지는 않았다.

"그래. 이건, 조금 이따가 의논하자. 일단……."

"용의 일족을 절대 믿지 마세요!"

창은 꽉 쥔 주먹을 파르르 떨며 다시금 외쳤다.

쾅-!

둔탁한 소리가 귓가에 걸렸다.

솔은 고개를 돌려 유진을 바라보았다. 감은 역시 맞았다. 유진은 냉랭한 표정으로 탁자를 주먹으로 내리쳤다.

빙의 마법의 후유증으로 인해 안색이 창백했다. 희미한 불안이 맴돌았다.

솔은 천천히 유진 앞으로 다가갔다.

"유진 형. 일단 진정해 봐. 긴 대화를 해야 할 거 같아."

유진은 알았다는 듯 고개를 끄덕였다. 솔이 맞은편 의자에 앉자, 비켄과 타호, 아비스도 가까이 왔다.

"창, 주디. 너희는 내 방에 들어가 있어."

솔이 잠시 축객령을 내렸다. 아이들은 꾸벅이고 방에 들어가 문을 닫았다.

탁-.

솔은 조심스럽게 있었던 일을 말했다. 별로 길지 않았지만, 이야기가 끝났을 때는 이미 늦은 밤이었다.

제 64 화
갈등의 전염

"그래서, 지금 저 꼬마의 말을 믿으라는 거야?"

유진은 솔과 비켄, 타호를 흘겨보며 말했다.

"저 애는 멸룡도가의 아이야. 아무리 주디의 동생이라고 해도, 지금까지 싸웠던 적이야!"

그건 솔도 잘 알고 있었다. 그래서 어느 정도 걸러 들으려고 했다. 솔은 그 말을 하려고 입술을 달싹였지만, 유진은 틈을 주지 않았다.

"아까부터 생각했어. 그래, 그 순간 동정심이 들어서 구해줄 수 있다고 쳐. 그런데 비켄 너는 먹을 것까지 가져다줬어? 우리한테 말도 안 하고?"

유진은 팔짱을 끼고 말했다.

"솔, 너도 그래. 설사 비켄이 그렇더라도 너는 리더인데, 함부로 믿지 말았어야지!"

"형!"

솔은 한숨을 내쉬었다.

"왜 믿지 말아야 하는데?"

"뭐? 그거야 당연히……."

"나는 용의 일족이 더 수상해. 의심할 게 한두 개가 아니었어. 형도 알잖아. 그들보다는 창의 말이 믿을 만하다고 생각해. 아무리 멸룡도가의 아이더라도, 주디의 동생이기도 해."

유진이 입을 다물고 솔의 말을 들었다.

"게다가, 내가 꿨던 꿈 내용 생각 안 나?"

솔은 유진에게 외쳤다.

"계속 말했잖아! 꿈을 꾼다고! 폐허에서 우리는 다 죽어 있었어! 형은 내가 그런 꿈을 꾸는 이유가 피곤해서라고 했지만, 아무리 힘들어도 그런 꿈을 꿀 리 없잖아! 이건 내 힘이야! 예지라고!"

솔은 답답함에 탁자 모서리를 꽉 쥐었다.

"그건 우리에게 일어날 미래라고. 게다가."

솔은 유진의 어깨를 잡았다. 꽤 세게 쥐었는지 유진은 한쪽 눈을 찌푸렸다.

"형, 지금 아프잖아. 한계까지 몰린 거, 우리도 다 안다고. 그래서 계속 말했잖아. 빙의 마법을 그만두자고. 형은 의심되지 않아? 용의 일족은 우리에게 이 마법을 발현시키려고 안달이 나 있었어. 그런데 결과적으로 이 힘은 우리를 갉아 먹고 있잖아!"

쾅-!

유진이 의자를 박차고 일어났다. 유진은 솔이 잡은 어깨를 거칠게 쳐냈다. 강한 힘에 솔은 비틀거렸다.

"빙의 마법을 하지 말자고? 말은 쉽지. 그런데 멸룡도가의 습격에 대책이 있었어? 일반인마저 쉽게 공격하는 멸룡도가를 제지할 수 있었냐고! 그래서 내가 너를 멍청하다고 하는 거야! 말은 뭘 못하냐고! 그래서 그때 너는 뭘 했는데!"

유진은 솔을 노려보며 말했다.

"한번 말해봐. 그 잘난 예지가 해답을 주긴 했어?"

대답을 할 수 없었다.

솔뿐만 아니라, 멤버 누구도 말을 못 했다. 침묵 속에서 유진은 솔을 노려보다가 휙 돌아섰다. 유진은 머리가 지끈거리는지 이마를 짚었다. 유진의 말이 맞았다. 사실 대책은 없었다.

솔은 미궁 같은 상황에 한숨을 푹 내쉬었다.

도착지가 보인 줄 알았는데, 그곳은 또 다른 미로의 시작이
었다.

콘서트 이후로, 드래곤 피크에서의 수련과 전투도 계속되었
지만, 스타원은 '아이돌'이었다.

빈틈없는 스케줄로 채워져 강행군을 달리고 있었다.

하지만 여러 일이 겹친 와중에도, 스타원에게는 훈련 틈틈
이 하게 되는 스케줄이 소중할 정도였었다.

그런데, 지금은.

"힘들다."

모든 게 다 벅찼다. 솔은 작은 한숨이 섞인 말을 나직이 내
뱉었다.

스타원은 지금 인터뷰 스케줄을 소화하는 중이었다. 널찍한
카페에 스태프와 카메라가 많았다.

"자, 들어갑니다! 스탠바이, 큐!"

촬영 사인이 시작되자 리포터는 웃음을 머금고 말했다.

"뵙게 되어서 영광입니다. 글로벌 콘서트는 빠르게 매진되었

다고 들었는데요. 축하드립니다."

솔은 웃으려고 노력하며 손뼉을 쳤다. 리포터는 스타원을 만난 것이 좋은지, 계속해서 영광이란 말을 했다.

솔은 그 단어가 어색하다고 생각했다. 영광이라니. 이 사람들은 우리가 마법 없는 아이돌일 때는 기억할까. 프로그램 하나 못 나갈 때가 있었는데.

'안 돼. 부정적인 생각은 그만. 집중하자.'

솔은 손을 쥐었다가 폈다. 그리고 리포터의 말을 귀담아 들으려고 노력했다.

"팬들의 반응이 뜨겁습니다. 환상적인 콘서트라고 들었어요. 마법 영웅 스타원이 제 옆에 있다니, 정말 놀라운 일이에요."

리포터는 먼저 유진에게 질문했다.

"콘서트를 보고 황홀했다는 팬분들의 반응이 많은데요. 어떻게 생각하시나요?"

"열심히 준비한 만큼 좋아해주셔서 감사드릴 따름입니다. 그리고 또……."

'인터뷰 대답은 잘하네. 우리는 무시하면서.'

솔은 유진의 대답을 들으며 속으로 조금 빈정거렸다.

그때부터 쭉.

유진은 솔의 말에 대답하지 않았다. 그러다 보니 솔도 점점 말을 걸지 않았다. 다른 멤버들도 비슷했다. 각자 생각에 잠겼고, 결국 대화하는 사람은 아무도 없었다.

'마치 전염병 같아.'

왜 안 좋은 건 계속 퍼지는 걸까.

유진은 대화하지 않지만, 스케줄과 훈련은 묵묵히 소화했다. 하지만 이런 활동이 무슨 의미가 있을까.

피곤했다. 그저 쉬고만 싶었다.

'습격이라도 없으면 좋을 텐데. 그러고 보니 요즘은 좀 뜸해진 것 같기도……'

그때였다.

부정적으로 생각한 게 화근이었을까. 기다렸다는 듯 등 뒤가 섬찟했다. 익숙한 느낌이었다.

솔은 바로 일어나서 불 화살부터 장전했다.

곧 인터뷰장에서 비명이 들렸다.

"아악!"

"저, 저게 뭐야!"

또 습격이었다. 익숙했다. 익숙해질 수밖에 없었다. 정상적으로 활동하려고만 하면 기다렸다는 듯 이런 일이 일어났으니까.

'하지만, 강하게 공격하지는 않았지.'

습격은 늘 자잘했다. 그래서 스타원이 쉽게 이기곤 했다.

언론은 그 전투를 부풀려서 세간에 알렸고, 사람들은 더더욱 열광했다.

하지만 이 모든 관심은 스타원을 더 지치게 할 뿐이었다. 달아오른 주위의 분위기와는 다르게, 일부러 스타원을 지치게 해서 힘을 빼려는 목적을 가진 듯 보였다.

모른 척 대응하지 않고 싶었지만, 그래도 일반인을 다치게 할 수는 없었다.

멸룡도가는 비겁하게 일반인을 인질로 삼곤 했다.

허공에 익숙한 진이 펼쳐졌다. 타호가 심안으로 진을 파쇄하기 전에 멸룡도가의 마법사들이 쏟아졌다. 실내는 이미 아수라장이었다.

"뒤로 가세요!"

솔은 리포터와 스태프들을 자신의 뒤로 몰았다. 그들은 허겁지겁 솔의 뒤로 달려갔다. 눈빛에는 스타원이 자신들을 구해줄 거라는 기대감이 어려 있었다.

솔은 이럴 때마다 항상 느꼈다.

'공격하는 쪽보다 방어하는 게 훨씬 힘들어.'

솔은 지친 채로 관성적으로 화살을 쏘았다. 멸룡도가 마법사들은 일부 맞기도 했지만, 몇몇은 피했다.

솔은 그들이 공간을 찢고 들어오는 마법진을 힐끔 바라보았다. 뭔가 등이 계속 섬찟했다. 그간 피하듯이 했던 전투와 오늘은 달랐다. 예감이 좋지 않았다.

타호는 마법 망원경을 사용하며 다시 심안을 틔웠다. 더 잘 보이게 된 아지랑이들을 염력으로 움직이려고 했지만, 움직이지 않았다. 이대로라면 멸룡도가의 마법사들은 계속 진을 타고 이곳으로 넘어올 게 뻔했다.

'어떻게든 일단 저것부터 없애야 해.'

지금의 힘으로는 안 됐다. 망원경을 사용하는 것만으로는 역부족이었다.

타호는 결국, 내키지 않는 빙의 마법을 펼쳤다. 내면의 뭔가를 깨트리는 감각은 늘 좋지 않았지만, 상황상 어쩔 수가 없었다.

눈을 무언가가 찌르는 것 같았다. 고통 속에서 심안을 틔웠다.

마법진은 서서히 닫혔지만, 타호의 머릿속이 점점 명해졌다. 뭔가를 부수고 싶다는 욕구가 치솟았다.

'안 돼.'

타호는 주먹을 꽉 쥐었다. 이 힘은 솔의 말대로 꺼림칙했다. 점점 강해질수록 내면의 자아가 파괴되는 느낌이었다.

진이 완전히 닫히자, 비켄은 지팡이를 이용하여 덩굴로 방어막을 만들었다.

솔이 스태프들을 뒤로 물러서게 했지만, 몇 명이 앞에 튀어나와 있어서 방어선을 유지하기가 힘들었다. 더군다나 야외가 아닌 실내여서일까. 더 힘들었다.

비켄도 하는 수 없이 빙의 마법을 펼쳤다.

어깨의 극심한 고통을 느끼면서 좀 더 마법의 힘을 끌어올렸다. 덩굴들은 충실히 천장까지 올라와서 멸룡도가의 마법을 견뎌냈다. 비켄은 짧은 숨을 토해냈다. 주위를 둘러보니 아비스는 모스맨과 또 다른 환수를 소환하고 있었다.

힘에 부쳤다. 도대체 이 싸움은 언제까지 계속되는 걸까. 빙의 전투를 할 때마다 따라오는 고통도 진절머리가 났다.

아비스는 숨을 골랐다. 모스맨으로 싸움이 정리되지 않아서, 화관을 쓰고 코카트리스까지 소환했다.

"크윽!"

아비스는 쪼그라들 듯 저려 오는 심장에 손을 얹었다.

부름에 응답한 코카트리스는 멸룡도가의 마법사를 석화시키며 용맹하게 싸웠지만, 아비스는 심장이 너무 시큰거려 그 모습을 보고 있을 수밖에 없었다.

이제 싸움은 가닥이 잡혀갔다. 전체적으로 스타원에게 유리해졌다. 유진은 이미 오래전에 빙의 마법을 시작한 채 멸룡도가의 마법사를 공격하고 있었다.

퍽-!

마법사가 바닥에 떨어졌다.

비켄은 어깨, 타호는 눈, 아비스는 심장이 아플 동안 유진은 목이 타들어갈 것 같았다.

솔은 그 정도가 다른 멤버들보다 약했지만, 종종 귀에 통증을 자주 느꼈다.

유진은 괴물처럼 강화된 팔로 멸룡도가의 마법사를 후려쳤다.

쾅-!

마법사는 균형을 잃고 벽에 머리를 부딪쳤다. 죽은 것이 아닐까 의심될 정도로 강한 공격이었다.

대부분의 마법사가 쓰러지자, 남은 인원들은 진을 펼쳐서 금방 사라졌다.

아수라장이었던 인터뷰 현장이 적막해졌다.

솔은 장전했던 화살을 내렸다. 스타원은 숨을 몰아쉬었다. 이상한 침묵이 감돌았다.

유진은 멤버들을 천천히 돌아보았다. 그리고 오랜만에 겨우 한마디 뱉어냈다.

"지겹다……."

말을 하자마자 잊고 있던 고통이 쏟아졌다. 유진은 괴물화 된 팔을 안고 그대로 쓰러졌다.

툭-.

그것만이, 적막한 곳에 울리는 유일한 소음이었다.

상황은 점점 더 지쳐갔다. 스타원은 하루가 다르게 말라갔고, 안색도 좋지 않았다.

마법 발현 뒤로 체력이 강해졌다 한들, 계속되는 스케줄은 피로를 가중시켰다. 공연장에서 아이온을 만난다는 기쁨도 이제는 큰 힘이 되지 못했다.

멤버들은 여전히 서로 대화하지 않았다.

그래서일까. 티를 내고 싶지 않았지만, 스타원이 지친 상황은 결국 수면 위로 모습을 드러냈다.

파리에서 열린 콘서트에서 스타원은 눈에 띄게 지친 모습을 보였다. 타호의 환상 마법은 예전처럼 화려하고 정교하지 않았다. 겨우 구색만 맞출 뿐이었다.

팬들은 여러 커뮤니티에서 바로 실망을 표현했고, 결국 매니저 DK는 멤버들에게 한 소리 했다.

'너희들, 초심 잃은 것 같다.'

멤버들은 그때도 아무 말도 하지 않았다. 텅 빈 눈빛으로 바닥만 내려다보고 있을 뿐이었다.

고요함 속에서 매니저 DK가 혀를 차는 소리만이 들릴 뿐이었다.

이제는 모두 피하고만 싶었다. 전투는 힘들고, 생각은 넘쳐흘렀다. 그토록 원했던 자리인데 이제는 의미가 없었다.

어깨가 무거웠다. 계속되는 습격에서 일반인을 지켜야 하는 상황 또한 이제 한계였다.

우리는 어떻게 되는 걸까. 도망가고 싶었다. 그런데 도망갈 수 있을까.

'정말 힘들다.'

아비스는 한숨을 내쉬며 타와키의 머리를 쓰다듬었다. 부드러운 감촉이 느껴졌다. 평소 같으면 타와키에게 웃어줬을 테지만, 지금은 그럴 수가 없었다.

아비스는 작게 중얼거렸다.

"너무하는 거 있지."

아비스는 아까 있던 일을 떠올렸다.

드래곤 피크 숙소로 돌아온 스타원은 또 말없이 각자 방으로 들어가려 했다.

아비스는 슬쩍 유진에게 말을 걸었다.

"형, 오늘 우리 맛있는 거……."

하지만 유진은 대꾸도 하지 않고 퉁명스럽게 지나갔다. 사실 이게 처음은 아니었다. 벌써 몇 번 반복된 일이었다.

툭-.

아비스는 탁자에 이마를 댔다. 그때는 짜증이 확 났다.

'분위기 좀 풀고 싶었을 뿐이라고.'

자신의 마음을 알아주지 않는 유진이 야속했다. 속상함을 애써 누르고 타호를 바라보았다.

타호는 아비스가 아무 말도 하지 않았는데, 마법서를 해석해야 한다며 급한 거 아니면 나중에 말하라고 했다.

'화가 나.'

별것 아니었다. 다들 힘드니까 그럴 수도 있었다. 하지만 왜 이렇게 화가 나는 걸까. 이쯤 되면 누구라도 좋았다. 대화하고 싶었다.

아비스는 벌떡 일어나서 주위를 둘러보았다. 비켄은 어디로 갔는지 보이지 않았다. 지금 숙소에 있는 사람은 솔과 타호뿐이었다.

유진도 방으로 들어가는 것 같더니 숙소에 없는 모양이었다.

그때, 솔이 거실에 모습을 드러냈다. 아비스는 급하게 말을 걸었다.

"솔 형!"

솔은 입가에 검지를 댔다.

"아비스, 잠깐만. 이따 말하자."

솔도 곧바로 대화를 끊으려 하자 아비스는 정말 서운해서 다시 외쳤다.

"형!"

"이상한 소리가 나서 그래."

"응?"

아비스는 눈을 깜박였다. 하지만 들리는 소리라고는 장작불 타는 소리밖에 없었다.

하지만 귀가 좋은 솔은 뭔가 다른 게 들리는 모양이었다. 솔은 벌떡 일어나서 숙소 밖으로 향했다.

"어디 가? 나도 같이 가!"

아비스는 달려가는 솔을 뒤따라갔다. 아비스는 뛰어가면서도 솔이 예민해서 괜히 그런다고 생각했다.

'요새 솔 형은 걱정이 많으니까.'

앞서가던 솔이 멈췄다. 충격받은 표정이었다.

"아니, 저게 무슨……."

아비스는 그 순간 자신이 본 것을 믿을 수 없었다.

제 65 화
사과

퍽-! 퍽!

유진이었다. 팔이 괴수처럼 변한 유진이 울부짖으며 드래곤 피크의 나무들을 쳐댔다.

나무들이 줄줄이 쓰러졌다. 솔과 아비스는 그 광경을 보고 경악했다. 아비스는 입을 벌린 채 생각했다. 그간 유진은 빙의 마법의 후유증으로 계속 열이 나고 아파했다.

그래도 저렇게 이성을 잃을 정도는 아니었다.

아까만 해도 스케줄을 마치고 멀쩡히 숙소의 방으로 들어가는 것을 보았었다.

그런데 갑자기 저렇게 팔이 변형되고 이지를 잃은 채 한 마리 짐승처럼 닥치는 대로 치고 있었다.

'빙의 마법 때문인가?'

빙의 마법을 쓰면 무언가를 부수고 싶다는 충동이 들었지만, 저렇게 제어되지 않을 정도는 아니었다.

솔은 괴물처럼 변한 유진을 바라보며 멍하니 중얼거렸다.

"빙의 마법을 쓰지 않으면 대책이 있겠냐고 물었지……."

솔은 얼마 전 유진이 한 말을 떠올렸다. 아비스는 중얼거리는 솔을 돌아보았다.

솔은 마른세수하며 말을 이었다.

"하지만 형, 아무리 대책이 없어도 이건 아니잖아."

솔은 안색이 새파랬다. 아비스는 이제 솔이 걱정되었다. 이런 일이 생기면 늘 스스로 자책하곤 했으니까. 아비스는 우선 솔을 달래고 싶었다.

"형, 있잖아……."

"아니, 아비스. 나중에 얘기하자."

솔은 아비스의 말을 자르고 그를 지나쳐서 유진에게 걸어갔다. 아비스는 주먹을 꽉 쥐었다. 또다시 무시당한 기분이었다.

물론, 제일 맏형인 유진이 저런 행동을 하는 건 아비스에게도 충격이었다. 하지만 이럴 때일수록 함께 이야기하며 이겨나가야 하는 거 아닐까.

쾅-!

그런 아비스의 마음도 모른 채, 유진은 여전히 나무를 부서
트렸다. 지금 유진의 눈에 보이는 대상이 나무였을 뿐이지, 아
마 도시였거나 근처에 사람이 있었다면 더 큰 피해를 불러일
으켰을 터였다.

유진을 저대로 내버려 둘 수 없었다. 언제 더 큰 피해를 입힐
지 몰랐다. 용의 일족의 눈에 띄기라도 하면 큰일이었다. 우선
멤버들에게도 노출되지 않는 게 좋았다.

아비스는 바로 하피를 소환했다. 부를 수 있는 소환수 중 악
력이 제일 강한 존재는 하피였다.

거대한 괴조는 소환되자마자 아비스의 의사를 바로 알았다.

아비스는 하피가 자신의 말을 들어줄 거라고 생각하며 눈을
맞추고 고개를 끄덕였다.

"어?"

탁-.

하지만 하피는 고개를 저었다.

"왜, 왜 그래?"

하피는 상처 입은 날개를 폈다. 깃털 사이로 핏자국이 스며
있었다.

'아…….'

하피의 상황을 충분히 이해하지만, 순간 실망감이 울컥 올라왔다. 솔도 유진도 자신을 무시하는데, 하피조차 의견을 들어주지 않았다.

아비스는 그 실망한 감정을 애써 누르며 말했다.

"혼자로서는 힘든 거야? 그러면 다른 친구들도 불러올까? 타와키도 있는데."

타와키가 삐옥 하며 작게 울었다. 하지만 하피는 다시 고개를 저었다.

그러곤 아비스와만 나눌 수 있는 전음으로 간단한 의사를 내비쳤다.

《거절한다.》

또?

아비스는 주먹을 꽉 쥐었다.

"으악-!"

겹치는 실망감 사이로 유진이 울부짖는 소리가 들렸다.

아비스는 저 사람이 진짜 유진 형인가 싶을 정도였다. 무서워서 계속 저런 꼴로 두고 싶지 않았다. 그때, 하피의 의사가 전해졌다.

《나는 저 괴물을 이길 수 없다.》

아비스는 눈을 감았다. 수많은 생각이 겹쳐 흘렀다. 괴물이라니. 꾹꾹 눌러왔던 감정과 말이 울컥 올라왔다.

"유진 형은 괴물이 아니야! 게다가 저 꼴이 된 이유는 우리를 지키려고 하다가 그런 거라고!"

하지만 하피는 냉철하게 다시 의사를 전했다.

《의도가 어땠든, 저 존재는 되돌리기에 이미 늦었다. 계속 저런 꼴일 것이다.》

하피의 단호한 말에 순간 아비스는 자기도 모르게 중얼거렸다.

"어떻게 그런 말을 해."

죽을 때까지 저런 모습일 거라니. 유진 형이 계속 괴물일 거라니. 아비스는 하피를 노려봤다.

"가. 너도 이제 필요 없어."

가라는 말에, 하피는 아비스에게 섭섭한지 날개를 파닥거렸다. 하지만 아비스는 아랑곳하지 않고 충동적으로 말했다.

"다시는 안 보고 싶어."

아비스는 스스로도 무슨 말을 했는지 몰랐다. 그때, 온몸이 크게 움찔거렸다. 마법이 발현된 뒤로 이런 감각은 처음이었다.

믿을 수 없었다. 눈앞에 있는 소환수와 근본적인 무언가가 끊기는 게 느껴졌다.

아비스는 눈을 깜박이며 하피를 바라보았다. 이상했다. 가까이 있지만, 하피의 의식이나 감정이 느껴지지 않았다.

"하피……."

하피의 존재가 눈앞에서 점점 사라졌다. 아비스는 잡으려고 했지만, 손에 잡히는 건 숲속의 바람뿐이었다.

위이잉-.

차가운 공기만이 손안에 맴돌았다. 아비스는 그제야 자신이 한 일을 깨달았다. 누군가 알려주지 않아도 느낄 수 있었다.

'이제 하피와 만날 수 없어.'

영원히.

다시는 보고 싶지 않다던 말은 결코 진심이 아니었다. 하지만 자신의 실수로 이렇게 되어버렸다.

눈물이 뚝뚝 떨어졌다. 힘이 풀린 아비스는 풀썩 주저앉았다. 잘못을 알았지만, 돌이킬 수 없었다.

위이잉-.

"아악-!"

바람 소리 사이로 유진과 유진을 말리는 솔의 울부짖는 소리가 들렸다. 아비스는 젖은 눈으로, 괴물이 된 유진을 바라보았다.

모든 것이 엉망이었다.

이제, 솔은 알았다.

이곳이 어디인지. 이 꿈이 무엇을 뜻하는지.

"으악! 도망쳐!"

"꺄악-!"

그때 기다렸다는 듯 소음이 들렸다. 수많은 사람의 비명과 함께 뭔가가 무너지는 소리가 요란하게 울려 퍼졌다.

솔은 조용히 아래를 내려다보았다.

익숙한 돔형 콘서트장이었다. 스타원은 용과 싸우고 있었다. 타호는 무너지고 있는 공연장에서 팬들을 먼저 내보내기 위해 애쓰고 있었다.

하지만 용은 너무 강했다.

픽!

용의 발길질에 누군가 바닥에 내팽개쳐졌다. 그곳에는 유진이 있었다.

유진은 떨어진 타호의 마법서를 겨우 손에 든 채 폐허에서 피를 흘리고 있었다.

솔은 자신도 모르게 달려가 유진을 일으키려 했다. 하지만 팔을 잡으려는 순간, 시야가 점점 어두워졌다.

앞이 어두워질수록 소음은 침묵으로 변했다. 솔은 유진을 붙잡으려던 손을 내려다보았다. 아까 일으키려고 했던 유진의 몸은 이미 보이지 않았다.

솔은 자리에서 일어났다.

온통 검게 변한 시야 안에는 피를 흘리는 자신의 모습이 덩그러니 있었다. 솔은 그런 자신을 찬찬히 살펴보았다.

'이렇게 죽은 걸까.'

거짓인 듯 몽롱해서 슬프지는 않았다. 하지만 마지막 순간을 목격해서일까. 현재의 자신이 답답해졌다.

뭔가 더 할 수 있었을 것 같은데. 이렇게 죽지만은 않을 수 있었을 것 같은데.

'불안해서 몸을 떨기만 하는 것보다는 말이야.'

조금 더 뭔가를 시도할 수 있었을 텐데. 그러면 저런 마지막은 오지 않을 텐데. 아니, 마지막은 바꿀 수 없더라도 적어도……

그때였다.

아무것도 없던 까만 공간에 빛이 하나 나타났다. 솔은 팔을
내밀었다. 민트색 빛은 부드럽게 손가락을 스쳤다. 그 순간, 빛
들은 기다렸다는 듯 점점 많아졌다. 솔을 감싸는 빛이 너무도
따스했다.

솔은 이 빛을 알았다.

처음 악몽에서 구해 준 것도 이 빛이었다. 솔은 빛들을 부드
럽게 쓸었다. 그러고는 아주 작게 속삭였다.

"너는 누구니? 왜 내가 힘들 때마다 구해주는 거야?"

대답을 바라고 한 말은 아니었다. 솔은 그저 이 빛이 마냥
좋았다. 상냥하고 따뜻했다. 그때, 생경한 목소리가 들렸다.

《내 이름을 기억해.》

한 사람의 것 같기도 하고, 수만 명의 목소리 같기도 했다.
솔은 아쉬운 마음에 빛을 붙잡고 더 물어보고 싶었다. 뭐라도
해답을 주지 않을까 싶었다.

하지만 빛은 곧 사라졌다. 솔은 아쉬운 마음에 한숨을 폭
내쉬었다.

시작부터 쭉, 지쳐 있을 때 자신을 도와준 존재.

솔은 눈을 깜박였다. 어느덧 숨 막히는 악몽에서 깨어난 상태였다. 초점은 아주 서서히 맞춰졌다. 솔은 잠에서 깨자마자 습관처럼 침대맡에 놓은 주사위를 만지작거렸다.

여느 때처럼 옅은 온기가 느껴졌다.

솔은 용기를 얻었다. 뭔가를 해야 했다. 그 꿈이 그대로 미래가 되는 걸 원하지 않았다.

벌떡.

침대에서 일어나 거실로 향했다. 장작불이 타고 있는 고요한 거실에는 모든 멤버가 모여 있었다.

유진이 괴물화한 이후 누구도 섣불리 그 일을 말로 꺼내지 못하고 있는 상황이었다.

솔은 리더로서도, 이들의 친구로서도 이 침묵을 해소하고 싶었다.

솔은 입술을 달싹거렸다. 할 말은 많은데, 목소리가 나오지 않았다.

'안 돼. 말해야 해.'

솔은 주사위를 꽉 쥐었다. 그러자 기적처럼 드디어 목소리가 나왔다.

"우리, 대화를 하자."

눈물이 뚝뚝 떨어졌다.

"다들 알겠지만, 우리 서로 할 말이 너무 많아. 말은 안 해도 좋지만 듣기라도 해줘. 나, 또 꿈을 꿨어. 아마 이건 내 종족의 능력인 예지일 거야. 허무맹랑한 악몽 따위가 아닌, 실제로 예정된 결말이라고."

모두 솔을 바라보았다. 그들은 사실 알고 있었다. 예정된 비극을.

마법서 해석을 한다며 현실에서 도피했던 타호도, 방에만 있던 비켄도, 소환수와만 있던 아비스도.

계속 이렇게 지낼 수는 없었다.

항상 함께 있어서 눈빛만 봐도 생각을 알았다. 솔은 멤버들의 얼굴을 둘러본 뒤 유진을 바라보았다. 무표정했던 유진은 솔의 눈물을 보며 고개를 푹 숙였다.

이 불편한 침묵이 누구 탓인지 유진도 알았다.

"……미안해."

한번 시작된 사과는 거침없이 쏟아졌다. 유진은 이마를 문지르며 말했다.

"내가 빙의 마법을 고집했어. 솔의 말대로 멈췄어야 했는데,

그랬으면 너희들이 빙의 마법으로 아프지 않을 텐데. 나는 그냥 강해지고 싶었어. 강해지면, 뭐든지 할 수 있으니까, 그러면……."

유진은 작게 중얼거렸다.

"지킬 수 있으니까……."

유진의 말을 듣자마자, 아비스는 터져나오려는 눈물을 참았다. 솔이 시작한 울음은 전염되듯 퍼져나갔다.

솔은 눈물을 훔치며 고개를 저었다.

"괜찮아. 형도 대책이 없었잖아."

그 순간 아비스가 울음을 터트렸다. 우는 사람은 그렇게 늘어갔다.

방법이 없는 길이었다. 누군가를 지키는 건 힘들었고, 아무리 강해져도 힘에 부쳤다. 서로가 무리할 수밖에 없었다.

아비스는 벌떡 일어나서 유진의 어깨에 달라붙었다. 그걸 본 비켄은 바로 따라 했고, 타호도 묵묵히 유진의 옆으로 갔다.

솔은 눈물을 닦았다. 유진은 그제야 희미하게 웃었다. 오랜만에 보는 유진의 미소였다.

아비스가 여전히 유진의 어깨에 매달린 채로 말했다.

"있지, 나…… 이제 하피와 만날 수 없어."

"뭐? 그게 무슨 말이야?"

솔은 깜짝 놀라 되물었다.

"내가 끊어냈어. 바보같이."

솔은 아비스의 곁으로 다가갔다. 아비스는 눈물을 닦으면서 솔의 손을 꼭 잡았다.

"실수였지만, 다 내 탓이야. 형. 어떡해. 하피가 보고 싶어."

잡은 손은 눈물 때문에 축축했다. 솔은 슬퍼하는 아비스가 안타까웠지만 해줄 수 있는 건 어깨를 토닥거리는 일뿐이었다.

"흑, 흡……."

아비스가 울음을 그치는 데는 시간이 걸렸다. 하지만 스타원은 다 아비스를 기다렸다. 마침내 아비스가 눈물을 그쳤을 때엔 마법처럼 서로를 보며 웃고 있었다.

솔은 멤버들과 눈을 마주치며 말했다.

"아, 나도 할 말이 더 있어. 내가 오늘 본 예지 속은 여전히 폐허였고, 우리는 죽어 있었어. 하지만……."

솔은 민트색 빛을 떠올리며 말했다.

"기억해? 내가 예전에 말했던, 연습실에서 봤던 빛 말이야. 그 빛이 이번에는 내게 다가와 말했어."

빛이 말을 한다고?

멤버들은 솔의 눈을 바라보며 동그랗게 눈을 뜨고 다음 말
을 기다렸다.

솔은 꿈의 기억을 더듬으며 말했다.

"내 이름을 기억해, 라고 말이야."

제 66 화
비밀 창고

"이름을 기억하라니. 이름을 말해줬어?"

유진이 물었다. 솔은 고개를 저으며 말했다.

"아니, 이름은 듣지 못했어. 대체 무슨 존재인 걸까, 그 빛은."

스타원은 생각에 잠겼다. 솔이 마법 없는 아이돌 시절부터 줄곧 말해 왔던 '민트색 빛'에 대해서는 다들 기억했다.

그때가 아득히 먼 옛날처럼 느껴졌다. 스타원은 빛뿐만 아니라 그때의 추억을 떠올렸다.

"우리 그때, 떡볶이 먹으면서 빛 얘기 했었는데."

"맞아. 연습실 앞 떡볶이집 되게 맛있었는데. 아직 있으려나?"

비켄의 말에 다들 쿡쿡 웃었다.

그때에도 미래는 막막하기만 했다. 희망이라고는 보이지 않았다.

하지만 떡볶이 먹으면서 농담하고 웃으면 모든 불안을 다 잊을 수 있었다. 아이돌 생활을 계속 할 수 있을지 알 수 없던 시절. 그 시간을 버티게 해준 건 서로가 있었기 때문이었다.

솔은 부드럽게 웃으면서 말했다.

"우리 이대로 넋 놓고 있지 말자. 뭐든 좋으니까, 해보자. 방법은 없지만 그래도 찾으면 있을 거야. 뭔가 알게 되었다면 서로 숨기지 말자."

다들 고개를 끄덕였다. 비켄은 슬쩍 멤버들의 눈치를 봤다. 그간 창에게 들었던 말을 드디어 다 털어놓을 기회였다.

"한번 말하고 싶었는데, 전에 창과 주디가 말해줬어. 용의 일족은 귀한 아티팩트를 신전의 어떤 방에 모아놓는대. 내 추측이지만, 17번 방은 아티팩트를 모아놓는 비밀의 방이 아닐까 싶어."

"귀한 게 있는 건가? 용의 일족이 가진 아티팩트는 우리가 가지고 있는 거보다는 별로던데."

솔과 타호는 손목의 아티팩트를 어설프게 사용하던 용의 일족 마법사를 떠올렸다.

그러자 비켄이 짐짓 자랑스럽게 마법 지팡이를 꺼내 보였다.

"하긴, 이거에 비하면 별것 아니긴 하지."

타호는 고개를 저었다.

"그래도 오랜 기간 역사는 있던 일족이잖아. 뭐라도 나오지 않을까."

"그래서, 거기를 털자고?"

유진은 미약한 두통이 남은 이마를 문질렀다.

순간 다들 할 말이 없어졌다. 곧 솔은 빙그레 웃으면서 고개를 끄덕였다.

"무엇을 숨기고 있는지 한번 보자고. 애초에 그쪽에서 타호의 마법서를 훔쳤을 때, 모든 관계가 끝난 거야."

"이제 우리도 얻을 만큼 얻기도 했지. 솔직히 이제 훈련이라고 하기에는 좀 그렇잖아."

타호의 말에 멤버들 모두 동의했다. 타호는 마법서를 펼쳤다. 용의 일족이 훔쳐 간 뒤로는 아예 품에 계속 지니고 있었다.

솔은 그 마법서를 본 순간, 꿈속 폐허에서 피 흘리던 유진이 떠올랐다. 그때 유진은 이 마법서를 들고 있었다.

"이 마법서 말이야. 예전부터 중요하다는 건 알았지만, 진짜 뭔가 의미가 있을지 몰라."

"중요하지 않았으면 죽자 살자 해석 안 했어. 나도 이 마법서가 우리에게 길을 보여줄 거로 생각해. 그런데 찢긴 페이지가 있어서……."

타호는 마법서의 찢긴 부분을 쓰다듬으며 말했다.

"그게 있으면 참 좋을 텐데 말이야."

비켄은 뚫어져라 타호의 손길을 바라보다 말했다.

"용의 일족은 간사해서, 찢긴 마법서 페이지도 그 비밀 공간에 다 모아놨을 수도 있지."

솔은 비켄의 말에 솔깃했다.

"하긴 중요한 것을 모두 숨길 작정으로 모았으면, 무엇인지도 모르면서 무작정 숨겨 놨을 수도 있겠다."

솔의 말에 타호가 눈을 빛내며 말했다.

"가자. 그런데 그 전에 짐을 싸두자. 우리 여기 다시는 못 올 수도 있어."

거실에 모였던 스타원은 고개를 끄덕이며 자리에서 일어났다. 그리고 각자의 방에 가서 물건들을 정리했다.

솔은 숙소를 돌아보았다. 마법을 발현한 뒤로 처음 이곳에 도착했을 때, 신비로운 세계에 초대받은 느낌이었다.

하지만 이곳은 동화 같은 세계가 아니었다. 오히려 꽉 막힌,

일그러진 세상이었다.

솔은 주디가 약초 수프를 끓이던 화로를 바라보았다. 솥은 이미 예전에 치워진 채였다.

솔은 예감이 들었다. 이제 다시는 이곳으로 돌아오지 않을 것 같았다.

스타원은 숨죽여 걸어 71번 방에 도달했다. 한 번 가본 길이어서일까, 이제 제법 익숙했다.

그리고 구석에 있는 거울에 발을 내디뎌, 17번 방이 있는 복도에 도착했다.

"이곳이야."

17번 방의 문 앞에 모여 섰다. 별다를 것 없이 평범한 문이었다.

하지만 기분 탓인지 이상한 압박감이 들었다. 무엇이 있을지 도무지 예측할 수가 없었다.

하지만 이대로 시간을 죽일 수도 없는 일이었다. 스타원은 서로를 바라보았다. 다들 결심한 거 같아서 솔은 손잡이를 잡

앉다.

"열게."

솔은 비장하게 손잡이를 잡고 돌렸다. 그러자 순간 무언가가 땅에서 잡아끌 듯이 몸이 훅 당겨졌다. 너무 갑작스러워서 저항할 틈도 없었다.

땅으로 꺼지는 듯한 몸은 어느 순간 멈추었다. 발을 디디니 땅이 느껴졌다.

"깜짝이야. 이대로 죽는 줄 알았네."

아비스는 안도의 숨을 내쉬며 말했다. 솔은 주위를 둘러보며 말했다.

"신기한 곳으로 왔어."

스타원이 다다른 곳은 까맣기만 했다. 디딜 수 있는 바닥의 한가운데, 거울이 있을 뿐이었다. 유진은 조심스럽게 거울의 바깥쪽으로 움직여봤다. 얼마 걷자, 다시 원래 있던 곳으로 되돌아왔다.

유진은 돌아서서 말했다.

"아무래도 이 거울이 답인 거 같아."

타호는 손가락으로 거울 표면을 가리키며 말했다.

"답이라기보다는, 문제를 주는데?"

"뭐?"

거울 표면에는 낯선 문자가 떠 있었다. 다른 멤버들은 의미를 알 수 없었지만, 타호는 의미를 해석할 수 있어 보였다.

"타호야, 해석할 수 있지?"

"응. 다행히 가능해."

타호를 제외한 나머지 멤버들은 안도의 한숨을 내쉬었다. 새삼 타호가 마법서나 고대 문자를 해석할 줄 알아서 다행이었다.

"뭐라고 쓰여 있어?"

"질문에 답을 하래."

타호가 문자를 읽자마자, 표면의 문자들은 흐릿해졌다가 모양을 바꾸었다.

타호는 다시 더듬더듬 해석했다.

"정답을 맞히면, 이곳에 있는 모든 물건을 가져올 수 있다. 정답을 표면에 비춰라."

단번에 이해하기가 어려웠다.

"제대로 해석한 거 맞아? '정답을 말하라'도 아니고, 표면에 비추라고?"

"음, 그러게. 우리가 가지고 있는 건가⋯⋯?"

타호는 고개를 갸웃거렸다. 솔은 팔짱을 끼고 생각에 잠겼다.

"아무래도 질문의 답인 물건을 거울에 비추는 건가 봐."

좀 초월적인 해석이긴 해도, 그거 외에는 답이 없었다. 역시 서로 대화하며 의논하니까 쉽게 풀렸다. 거울 속의 문자는 스타원이 의미를 해석하길 기다렸다는 듯, 다시 변했다.

타호는 다시 해석했다.

"가, 가장 귀하고 가장 비루하며, 가장 증오하고 가장 사랑하는 존재를 비춰라……?"

너무 어려운 문제였다. 상당히 추상적이기도 했다.

스타원은 각자 생각에 잠겼다.

"일단 거울에 비추는 거니까 실체가 있는 거겠지? 관념적인 개념은 아닌 거 같아."

솔이 말했다. 타호가 고개를 끄덕였다.

"그럴 것 같아."

비켄은 진지하게 고민하다가 주위를 둘러보며 말했다.

"직감적으로 생각하자. 음, 반려동물?"

그러자 비켄의 어깨에 있던 조롱박 곰이 바로 머리카락을 물었다.

"아얏! 아파!"

솔은 쿡쿡 웃으며 말했다.

"조롱박 곰 서운하게 왜 그래."

"이, 이봐. 이렇게 사고를 쳐도 좋아할 수밖에 없으니까!"

그러자 조롱박 곰은 물었던 머리카락을 놨다.

"그렇긴 하지. 하지만 비루하진 않잖아. 증오하지도 않고."

"나도 알아. 아니란 거. 증오하고 사랑하는 존재라니. 애증의 관계인가? 영화 속에 나오는 연인 같네."

비켄은 화를 풀라는 듯 조롱박 곰을 쓰다듬었다. 조롱박 곰은 삐쳤지만, 비켄의 목덜미에 얼굴을 묻었다.

솔은 고개를 저었다. 연인 자체가 정답일 수는 있지만, 왠지 아닐 거 같았다.

"좀 더 근본적인 거 같아."

스타원은 다시 진지하게 고민했다. 뭔가 생각지 못한 허점이 있을 거 같았다.

유진은 거울을 뚫어져라 보다가 중얼거렸다.

"모르겠다. 이렇게 거울만 보고 있으니까, 내 얼굴밖에 안 떠오르네."

순간, 솔은 정답을 알 거 같았다.

"잠깐! 설마. 가장 귀하고 비루하며, 증오하고 사랑하는 것……."

솔은 거울 앞에 섰다. 그리고 오로지 자신만을 떠올렸다. 거울에는 솔의 모습만 온전히 비쳤다.

'그건 자기 자신이지.'

솔이 그렇게 생각한 순간, 거울이 변해서 평범한 문으로 바뀌었다.

정답인 모양이었다.

"와, 어떻게 알았어?"

아비스가 놀라며 물었다.

"유진 형 말이 힌트였어. 들어가자!"

솔은 설명할 시간이 없다는 듯 바닥의 문을 열고 아래로 내려갔다. 특이한 구조였다.

"어떻게 되어 있을까? 사람 사는 건 다 비슷하니까. 음, 그냥 평범한 창고?"

솔은 피식 웃었다. 사실 솔도 굉장히 기대되었다. 타호의 찢긴 마법서의 낱장이 있으면 참 좋을 것 같았다.

하지만 스타원의 기대는 산산이 조각났다. 문을 열고 들어오자 있는 것은 또다시 그저 까만 공간이었다. 심지어 이곳에는 거울조차 없었다.

"왠지 사기당한 거 같다."

비켄이 어벙벙한 표정으로 말했다.

"엇, 그런데 여기 벽면에 또 글이 쓰여 있다."

타호는 다시 더듬더듬 해석했다.

"말하라. 그리하면 나타날 것이다."

거울 문제랑 비슷하면서도 달랐다. 뭔가 바라기만 하면 바로 준다는 것일까.

"와! 그럼 마법……."

비켄이 무심코 말하려고 할 때, 솔이 손바닥으로 비켄의 입을 꽉 막았다.

"안 돼. 섣불리 말하지 마. 위험해."

타호가 고개를 끄덕였다.

"맞아. 마법 세계에서는 항상 대가가 따르더라."

"으븝, 으브븝."

비켄은 알았다는 듯 눈을 깜박였다. 솔이 손을 놓자, 비켄은 지팡이를 쥐며 중얼거렸다.

"하긴, 우리 아티팩트는 다 무시무시하지."

"자, 그럼 다들 무슨 말이라도 해보자. 아까처럼 힌트를 얻을 수 있잖아."

타호는 무심결에 말을 하려다가 멈췄다. 방금 자기도 모르게 '원하는 것'을 말하려고 했다. 타호는 잠시 생각한 뒤 말했다.

"좀 뜬금없는 생각이지만, 마법 세계는 살짝 돌아가면 대가도 변하더라."

"그건 맞는 거 같아. 근데, 방법이 있어?"

유진이 바로 동의했다.

"직접 말로 하지 말고, 이렇게 하는 건 어때?"

타호는 스마트 워치의 타자 기능을 활성화해서 타자를 친 뒤, 멤버들에게 보여주었다.

〈마법서 페이지를 찾아줄 수 있는 존재를 달라고 하자.〉

페이지를 바로 달라고 하지 않았고, 건네줄 수 있는 존재를 찾아달라고 했다.

그러면 대가가 적을 거 같았다. 솔이 막 그러자고 동의하려고 할 때였다.

"어?"

그저 의논이었을 뿐인데 갑자기 빛이 휘몰아쳤다. 스타원은 눈을 깜박였다.

비켄이 중얼거렸다.

"저게 뭐지? 고양이? 표범?"

빛은 천천히 사라지며, 형태를 드러냈다.

"고양이치고는 커."

빛이 지나간 자리에는 족쇄에 묶인 표범이 있었다. 환수는
바닥에 늘어진 채, 눈을 깜박였다.

솔은 처음 보는 환수를 바라보았다. 고양이와 표범이 절묘
하게 섞인 듯한 환수는 천천히 자리에서 일어났다.

제 67 화
마로지

환수는 스타원을 향해 서서히 다가오려 하다가 다시 자리에 주저앉기를 반복했다.

솔은 천천히 환수의 몸을 훑어보았다. 환수는 다리에 커다란 족쇄를 달고 있었다. 그 족쇄는 무척이나 크고, 기묘한 문양이 가득 새겨져 있었다. 무언가 마법으로 결계가 둘러진 것 같았다.

반쯤 누운 환수는 느릿하게 눈을 깜빡였다. 잔뜩 지친 듯, 기운이 없어 보였다.

솔은 자기도 모르게 주머니를 뒤지며 먹을거리를 찾았다. 하지만 잡히는 건 늘 갖고 다니는 주사위뿐이었다.

그때, 환수가 비틀거리며 다시 일어섰다. 그러고는 스타원을 한 명씩 천천히 둘러보았다.

기운 없어 보이는 모습이 안쓰러웠다. 마지막으로 환수의 시선이 아비스에게 향했을 때, 환수는 순간 몸을 움찔거렸다. 그러고는 입을 벌려 천천히 말을 내뱉었다.

"오랫동안 잊혔던 종족까지 데려온 것인가, 그들은⋯⋯."

갈라지고 쉰 목소리에 분노가 가득 서려 있었다. 환수는 곧 형형한 눈빛을 띠었다.

영문을 모르겠는 말에 모두가 당황하는 가운데, 아비스가 앞으로 나섰다.

"내가 대화를 해 볼게. 환수라면 말이 통할지도 몰라."

아비스는 앞으로 한 걸음 나아가 환수의 앞에 섰다.

가까이서 본 환수의 눈빛엔 생각보다 더 강한 분노가 서려 있었다.

아비스는 내색하지 않고 상냥하게 웃으며 말했다.

"안녕. 나는 아비스야. 네 이름은⋯⋯."

아비스는 손을 내밀어서 여윈 앞발을 쓰다듬었다. 환수는 눈살을 찌푸렸지만 손을 내치지 않았다.

"마로지구나."

끄응-.

환수는 내키지 않는다는 듯, 신음을 내뱉었다. 아비스는 심호흡했다. 그리고는 침착하게 말했다.

"있지, 마로지. 우리는 용의 일족이 아니야. 너희를 가둔 이들과는 달라. 우리는 이곳에 빼앗긴 보물을 찾으러 온 것뿐이야. 그건 믿어주겠니?"

마로지가 눈을 가늘게 뜨고 의심하듯 멤버들을 바라보았다. 의심하는 눈초리는 여전했지만, 이전보다는 분노나 경계심이 사그라든 듯 보였다.

"전해지는 기운이 그들과 다른 것으로 보아, 어느 정도 맞는 말인 것 같군. 일단, 알았다."

"믿어줘서 고마워!"

아비스는 마로지의 털을 조심스럽게 쓰다듬었다. 마로지는 딱히 그걸 저지하지 않았다. 아까보다 훨씬 나아진 분위기에 비켄이 타호에게 속삭였다.

"저 환수, 진짜 믿는 거 같아."

"아비스에게 내재한 종족은, 정말 환수와의 소통과 깊은 관련이 있나 봐. 신기하다."

그때, 마로지가 둘의 대화에 끼어들었다.

"그 말이 맞다. 우리는 저 종족에게 약하다."

순간, 아비스의 손길이 멈췄다. 마로지는 아비스를 뚫어져라 보며 말했다.

"신기하군. 오르니스족을 만날 거라고 생각하지 못했다. 지금은 거의 잊힌, 신성한 종족. 흠, 그것도 힘을 삿되게 사용하는 이들에게 묶여 있을 때 말이지……."

마로지는 깊은숨을 내쉬고, 말을 이었다.

"그래서, 귀한 종족이여. 나를 불러낸 이유가 뭐지?"

타호는 서둘러 튀어나와서 마법서를 마로지에게 보여줬다.

"우리는 이 책의 찢긴 페이지를 찾으러 왔어."

아비스는 환수의 눈을 바라보며 간곡히 부탁했다.

"우리는 그 페이지가 꼭 필요해."

마로지는 눈을 가늘게 떴다. 그러더니 고양이처럼 기지개를 켜면서 말했다.

"흠, 어려운 문제는 아니군. 이건 내가 가지고 있다."

"어? 진짜? 어디에?"

타호는 주위를 둘러보았다. 여전히 아무것도 없는 공간만 보일 뿐이었다.

"내 배 속에 있다."

"응?"

타호는 눈을 깜빡였다. 보송한 털이 눈에 들어왔다. 마로지의 말이 잘 와닿지 않았다.

"나는 세상의 모든 물건을 삼킬 수 있다. 용의 일족은 그런 내 습성을 이용해 자신들이 숨겨야 할 아티팩트를 억지로 내게 먹였지. 먹는 걸 거부하면 내 배를 찢어서 넣어 두었다."

솔은 눈살을 찌푸렸다.

"어떻게 그런 일을!"

"꽤 고통스러웠지. 그건 그렇고, 뭔갈 원한다면 나와 계약을 맺어야겠군. 그래야 내어줄 수 있다."

또 계약과 대가가 필요한 모양이었다. 솔은 이제 그 시스템을 잘 알았다.

"그래? 뭔데? 족쇄를 풀어주길 원해?"

솔이 조심스럽게 물었다. 솔은 마로지의 뒷발에 달린 족쇄를 바라보았다. 마법진이 새겨져 있는 족쇄는 한눈에 봐도 튼튼해 보였다.

하지만 이어진 마로지의 말은 꽤나 의외였다.

"수수께끼를 내겠다. 정답을 말하면 원하는 걸 주겠다."

"어?"

아비스가 눈을 깜박였다. 마로지는 눈이 살짝 휘었다. 고통속에 있지만, 환수는 이 상황을 재미있어했다.

"정말 그거면 돼?"

"그렇다. 하지만 수수께끼는 매우 어려울 것이다. 묻는다."

마로지는 말한 뒤, 스타원에게 수수께끼를 냈다.

"죄의 아버지의 이름은 무엇인가?"

질문은 굉장히 어려웠다. 스타원은 곰곰이 생각에 잠겼다.

솔은 일단 의논을 시작했다.

"일단 거울에 비추는 게 아니니까 형태가 없을 수도 있겠다. 추상적인 개념이나."

"왠지 간단하면서도 어려운 것일 거 같아. '나 자신'처럼 말이야."

대화는 꽤 오랜 시간 지속되었다. 서서 기다리던 마로지는 이제는 바닥에 누워 뒹굴었다.

아비스는 그 모습이 마치 고양이 같다고 생각했다.

"죄의 아버지라니. 마왕?"

마로지는 귀를 쫑긋거리다가 비켄의 대답에 실소를 내뱉었다.

"저기요."

비켄이 얼굴이 붉어진 채 책망하듯 말했다.

마로지는 대수롭지 않다는 듯, 한숨을 내쉬며 말했다.

"별로 지혜로운 자들은 아니군."

약간 혼난 기분이었다.

"쉽게 생각해라. 그것 때문에 그들은 나를 가두었고, 나는 여기에 갇혀 있지. 이 몸이 보물창고 노릇을 하게 될 줄이야."

아비스는 마로지의 족쇄를 보면서 물었다.

"마로지. 여기에 얼마나 갇혀 있었어?"

"꽤 긴 시간 있었다. 영원은 아니었겠지. 하지만 억겁의 시간처럼 느껴졌어, 이 고통은 말이야."

마로지는 다른 쪽 발로 족쇄를 툭툭 찼다. 그 순간, 얼굴을 찌푸리며 바닥에 풀썩 쓰러졌다. 엄청난 격통이 느껴지는 듯했다. 저 족쇄를 풀려고 물리적인 힘을 가하면 고통이 오는 거같았다.

"도대체 어떻게 이런 잔혹한 일을……."

"그들은 실험을 했다."

마로지는 숨을 헐떡이며 말했다.

"용의 일족은 소환의 힘을 잃고선, 삿된 힘으로 나를 억지로 소환했다. 그러곤 최면을 통해 거짓 계약을 맺었지. 나는 그대로 종속되어 버렸어. 나는……."

마로지는 다리를 움직였다. 아직도 고통스러운지 바로 온몸을 움찔 떨며 풀썩 쓰러졌다.

"저항할 힘 또한 봉인 당한 채, 그 뒤로 쭉 여기에 갇혀 있었다."

스타원은 서로를 바라보았다.

"자신들의 욕심 때문에 이런 짓까지 하다니!"

아비스의 중얼거림에 멤버들은 매우 공감했다.

"맞아, 맞아! 늘 느끼지만, 그들은 욕심이 정말 지나친 것 같아."

그리고 다시 한번 실감했다.

"용의 일족은 자신들을 위한 일이면 얼마든지 잔인해지는구나."

타호에 이어 솔이 중얼거리며 말했다.

아비스는 눈물을 글썽거리며 마로지를 꽉 껴안았다. 마로지는 아비스의 체온이 좋은지, 눈을 가늘게 떴다.

마로지는 문제를 맞히는 것도 잊고 화를 내는 스타원에게 말했다.

"맞혔군. 정답이다."

아비스는 눈을 깜박였다. 도대체 뭘 맞혔다는 건지 알 수 없었다.

"죄의 아버지의 이름은, '욕심'이다."

마로지는 스타원이 맞힌 것에 기분 좋은지 살포시 웃었다.
순간 스타원은 아무 말도 할 수 없었다.

'수수께끼라고 했지만, 일부러 정답을 말할 수 있게끔 유도
해 주었어.'

게다가 마로지는 계약이라고 했지만, 스타원이 다른 세계에
서 했던 계약과는 퍽 다르게도 그 어떤 대가도 받고 싶어 하지
않았다. 그저 수수께끼만 맞히면 되었다.

타호가 작게 중얼거렸다.

"왜 정답을 유도한 거야?"

"비록 이 몸은 힘을 잃었고, 고통스럽지만······."

마로지는 따스한 눈빛으로 아비스를 바라보았다.

"오랜만에 보는 귀한 종족을 돕고 싶었다. 자, 그럼. 계약을
이행하겠다."

마로지는 바닥 위에 일어나 섰다. 그리고 천천히 힘을 끌어
냈다.

환수의 주위로 파란빛이 빙글빙글 맴돌았다. 빛은 기하학적
무늬를 만들며 바닥에 스며들었다.

그때였다.

"컥!"

마로지는 피를 토하며 몸을 부들부들 떨었다. 순간, 아비스는 깨달았다.

"자, 잠깐! 용의 일족은 마로지가 물건을 직접 꺼내는 것도 금지했어!"

"정말 창고 취급했구나. 이대로 계속해도 괜찮은 건가?"

"마로지, 힘들면 멈춰도 돼!"

멤버들이 걱정 어린 눈빛으로 바라보아도 마로지는 피를 토하면서도 힘을 끌어 올리는 걸 멈추지 않았다.

기하학적 무늬는 빙글빙글 맴돌다가 서로 만났다. 그 순간 빛은 땅으로 스며들더니, 순식간에 사라졌다.

바닥은 언제 그랬냐는 듯 원래대로 돌아왔다. 하지만 전에 없었던 것도 분명히 있었다. 찢어진 종이 낱장이 있었다.

타호가 조심스럽게 찢어진 페이지를 집었을 때였다. 순간, 바닥이 울렸다.

쿵-!

"마로지!"

고양이와 표범이 섞인 듯한 거대한 환수가 쓰러졌다. 세상의 그 어떤 것도 대적할 수 있을 듯 강해 보이는 환수는 갈비뼈가 드러날 정도로 말라 있었다.

스타원은 서둘러 마로지에게 다가갔다. 힘을 무리하게 쓴 환수는 고통 속에서 이미 기절한 상태였다.

아비스는 순간, 눈가가 뜨거워졌다.

"형. 나 마로지를 꼭 풀어주고 싶어. 마법서 페이지를 찾았어도 이대로 내버려두고 갈 수 없어."

아비스는 족쇄를 매만졌다. 솔은 잠시 고민하다 숨을 길게 내쉬었다.

이미 이렇게까지 된 이상, 용의 일족과의 트러블은 피할 수 없었다. 마로지와 조우한 것도 곧 알게 될 터였다.

저 족쇄를 제거하는 방법은 모르지만, 만약 정말로 제거해서 마로지를 풀어준다면 그 뒤로는 파탄이었다.

하지만 아비스 말대로였다.

'이대로 내버려둘 수 없어.'

솔은 고개를 끄덕였다. 다른 멤버는 모르지만 적어도 자신은 찬성이었다.

그때, 유진이 옆에서 말했다.

"나도 동의해. 환수를 풀어주자."

솔은 조금 놀라서 유진을 돌아보았다. 유진은 씩 웃었다.

"왜? 내가 이럴 줄 몰랐어?"

"응. 일단 두고 보자고 할 줄 알았어. 어쨌거나 용의 일족에게서 얻을 것이 더 남아 있을 수도 있으니까 말이야."

"그럴 리가. 저 가여운 동물을 저대론 둘 수 없어. 그들이 얼마나 잔혹한지도 알게 됐고 말이야."

유진은 솔과 눈을 마주치며 씨익 웃고 말했다.

"타호, 비켄아. 둘 다 동의하지?"

둘은 고개를 세차게 끄덕였다.

"응."

"당연하지. 뒤가 좀 무섭긴 하지만 말이야."

"괜찮을 거야. 뭔가 점점 끝나면서 정리되어 가는 듯한 예감이 들어."

솔은 자기도 모르게 말했다.

"우리는 용의 일족과의 끝이 머지않았어."

"솔 형. 그것도 엘프의 감이야?"

비켄이 물었다. 솔은 고개를 끄덕였다. 힘이 강해질수록 점점 더 예감은 강해졌다.

"그럼, 뭐 뒤도 돌아보지 말고 풀어주자."

"그래. 그런데 저 족쇄 어떻게 풀지?"

타호가 망원경을 보면서 말했다.

"이걸 통해 보니까, 마법 문양이 이리저리 얽혀 있어. 너무 견고해서 심안으로 해체할 수 있을지 모르겠다."

아비스는 조심스럽게 족쇄에 손을 뻗었다. 족쇄는 이상한 마법진 문양으로 가득 차 있었다.

그러고 보면 이 문양은 조금 익숙했다.

"그때 그 상자랑 비슷해. 그것보다 훨씬 조잡하지만."

솔은 고개를 갸웃거리며 물었다.

"상자라니?"

"그 하얀 세계에 있던 상자 말이야."

순간, 하얀 눈보라와 추워 보였던 남자가 머릿속에 스쳤다. 아비스는 족쇄의 문양을 문지르며 말했다.

"이 족쇄를 풀려면 아마 특수한 조건이 있을 거야. 조건이 뭘까."

아비스는 족쇄를 이리저리 매만졌다. 솔은 그 모습을 보며 넌지시 생각했다.

"그러고 보니, 그 사람, 평안에 이르렀을까."

스타원은 왜 자꾸만 다른 세계로 떨어지는지 이해할 수 없었다. 하지만 이제는 조금 알 거 같았다.

'우리에게는 성장이 필요했던 걸까.'

솔은 조심스럽게 주사위를 매만졌다. 민트색 주사위는 늘 그렇듯 따뜻했다.

그때였다.

"어?"

아비스는 족쇄를 자기도 모르게 놓쳤다. 솔은 서둘러 아비스에게 다가갔다.

"이게 어떻게 된 거야?"

마로지에게 고통을 줬던 족쇄는 바스러진 채 바닥에 툭 떨어졌다. 도무지 영문을 알 수 없는 일이었다.

"아비스, 뭐 했어?"

"나 아무것도 안 했어. 그냥 문양 보다가 답답해서 살짝 비틀었는데 저렇게 툭 떨어졌어."

"원래 헐거웠었나?"

마로지가 벗어나려고 아무리 발버둥 쳐도 고통만 주던 족쇄였다. 타호는 떨어진 족쇄를 툭 차며 말했다.

"그렇다기보다는, 알 수 없던 족쇄를 푸는 조건을 아비스가 충족시킨 거 같은데?"

제 68 화
길의 끝

솔은 바닥에 나뒹구는 족쇄를 보며 고개를 끄덕였다.

마로지는 갑작스러운 충격에 기절한 채였다. 안타까움에 아비스가 다시 마로지를 쓰다듬을 때였다.

마로지는 천천히 눈을 떴다. 몸 상태가 평소랑 다른지 눈을 깜박이다가 풀어진 족쇄를 바로 발견했다. 그러더니 아비스를 보며 희미하게 웃었다.

"그렇군. 족쇄를 풀 열쇠, 그것은……."

마로지는 무언가 깨달았다는 듯 신음했다.

반응은 담백했지만 전해져 오는 감정이 달랐다. 아비스는 느껴졌다. 마로지는 지금 너무도 기뻐하고 있었다.

"나는 너희들이 이 빌어먹을 것을 없애줄 거라 믿었었다."

"정말 잘됐다, 마로지. 그런데 우리는 이 족쇄가 왜 풀렸는지 모르겠어. 난 그냥 만졌을 뿐인데."

아비스가 갸우뚱하며 마로지에게 물었다.

마로지는 머리로 아비스의 등을 문질렀다. 마치 고양이 같
은 행동에 아비스는 소리 내어 웃었다.

"족쇄는 대가에 따라 계약을 이행하는 방법이 아닌, 순수한
호의와 애정이 담겨야만 풀릴 수 있었다. 용의 일족을 통해서
는 불가능한 일이지."

마로지의 말에 비켄이 끄덕거리며 말했다.

"하긴, 용의 일족이 할 수는 없는 일이지."

마로지는 스타원을 보며 물기 어린 목소리로 말했다.

"희망을 버린 지 오래인데, 너희가 왔다. 고맙다."

마로지는 기지개를 쭉 켰다. 아까와 비슷한 행위였지만, 족
쇄가 없어서일까. 훨씬 생기있고 자유로워 보였다.

"자, 그럼 이제 어떡할 거야?"

"도망갈 것이다. 용의 일족이 찾을 수 없는 곳으로 말이다."

타호의 물음에 마로지는 이를 드러내며 씩 웃었다.

"고향으로 돌아갈 것이다. 그곳에는 몰락의 용암지대가 있
지. 그곳은 그 어떤 아티팩트들도 녹일 수 있지. 거기서 내 속
에 있는 걸 모조리 토해낼 것이다. 아아. 그들의 표정을 보지

못하는 게 아쉽군."

용의 일족에게 골탕을 먹일 수 있다는 생각에 마로지는 매우 신이 나 보였다.

"용의 일족의 자잘한 쓰레기들을 억지로 품고 사는 건 고욕이었다."

"배 속에 억지로 많은 걸 쌓아두는 건 괴로울 것 같아. 그런데, 좋은 물건은 없었어?"

"그다지 의미 있는 것은 없었다. 하지만……."

마로지는 마법서 낱장을 들고 있는 타호를 보며 말했다.

"그 페이지는 달랐다. 한 세계의 기운을 휘두를 정도는 되어 보였지. 그것을 너희에게 주고 가니 더 마음이 가볍군."

타호는 종이를 조심스럽게 쓸어내렸다. 마로지는 족쇄 없는 다리로 바닥을 한번 쳤다.

그러자 검은 바닥에 황금빛 마법진이 둥실 떠올랐다.

"이만 작별이다. 거듭 고맙다."

아비스는 부드럽게 마로지를 쓰다듬었다.

"꼭 멀리멀리 도망가. 다시는 잡히지 마."

"그렇게 하겠다. 행운을 빌겠다."

마로지의 모습이 천천히 사라졌다. 환수가 완전히 떠나자,

어두웠던 공간은 천천히 밝아졌다.

어둠에 익숙해졌던 눈에 빛이 서서히 들어왔다.

스타원은 주위를 둘러보았다. 마법으로 둘러싸인 효과가 끝나서일까.

신성한 창고는 더 이상 영험해 보이지 않았다. 돌벽으로 둘러싸인 낡은 창고로만 보였다.

"나갈 때는 그냥 왔던 길로 가면 되나?"

"그러면 될 거 같아. 우리 어서 이곳에서 떠나자. 더는 볼 일이 없는 거 같아."

스타원은 낡은 창고를 뒤로한 채, 서둘러 발걸음을 옮겼다.

솔은 성의 기다란 복도를 돌아보았다.

처음에는 엄청난 마법을 배울 수 있을 거란 희망이 있던 곳이었다.

하지만 용의 일족에 대한 실체를 점점 알아갈수록 기대도 미련도 없어졌다.

솔은 앞서 달려가는 멤버들을 바라보았다. 새삼스럽게도 서로가 있다는 게 너무나 소중했다.

멤버들이 서로 대화하고, 힘을 합쳐 무언가를 이뤄낸 건 정말 오랜만이었다.

그래서일까. 순간 희미하게 웃음이 나왔다.

"창의 말이, 진짜였어……."

마법서 페이지를 통해 드러난 진실은 여전히 충격적이었다.

타호는 돌아오자마자 페이지를 해석하는 데 전념했다. 마침내 해석된 내용은 피하고 싶은 결말들로 가득 차 있었다.

타호는 떨리는 손으로 눈을 문질렀다. 창의 말을 들었을 때는 너무도 충격적이어서, 내심 거짓말이길 바랐다.

어린아이의 치기 어린 거짓말.

하지만 페이지의 해석은 창의 말을 고스란히 증명했다.

타호는 천천히 고개를 들고 저벅저벅 발걸음을 옮겼다.

숙소 중앙에 있는 소파로 향했다. 타호를 제외한 멤버들은 각자 할 일을 하고 있었다.

"마, 마법서를 모두 해석했어."

다들 하던 일을 멈추고 타호를 바라보았다. 타호의 기색이 좋지 않은 걸 본 일행은 다들 동공이 떨리기 시작했다.

타호는 소파에 앉으며 이마를 짚었다.

"창의 말이 전부 맞아. 그리고 그 내용을 포함해서 훨씬 더 많은 정보가 있어. 해석한 내용을 읽어줄게. 모두 집중해서 들어줘."

타호의 목소리가 살짝 떨렸다.

"'끝날의 밤에 용은 타락한 세상의 균형을 잡기 위해 세상의 절반을 멸망시킬 것이다. 만약 용이 세계의 절반을 멸하지 않으면 세계는 계속 타락해서 끝내 악의 손아귀에 떨어져 완전한 멸망이 온다'."

유진이 작게 중얼거렸다.

"뭐야, 그게. 용을 막든 막지 않든, 어쨌거나 세상은 멸망한다는 얘기잖아."

"용의 일족이 세상의 멸망을 막는 집단이라고 하지 않았어?"

"정말 처음부터 끝까지 거짓이었구나, 그들은."

솔과 비켄도 이어 말했다.

처음에는 기가 막혀서 말이 저절로 나왔지만, 멤버들은 점점 침묵으로 들어갔다. 스타원은 착잡한 숨만 내쉬며 각자 생각에 잠겼다.

극도로 혼란스러웠다. 그래도 일단은 정리가 필요했다. 솔은 필사적으로 심호흡을 하며 하나하나 짚어봤다.

"세상의 반은 멸망한다는데, 그 반을 가르는 기준이 뭔지도 마법서에 나와 있어?"

"아니, 무작위야."

"아예 기준도 없구나. 무고한 사람들이 엄청나게 죽는다는 거잖아. 이걸 막을 수 있을까? 그 용을 무찌른다거나."

"형. 설사 우리가 죽을힘을 다해서 용을 죽인다 해도 세상은 멸망해. 우리가 그나마 관여할 수 있는 건 절반의 멸망이냐 완전한 멸망이냐, 이 차이밖에 없어."

무겁고 잔인한 현실이 성큼성큼 다가왔다. 솔은 주먹을 꽉 쥐었다. 그제야 손을 떨고 있다는 것을 깨달았다.

아무도 섣불리 말을 하지 못했다. 유진도 떨리는 주먹을 꽉 쥔 채 말했다.

"우리는 겨우 이런 결말을 위해서 그렇게 고통스럽게 강해지려 했던 거야? 용의 일족은 그럼 절반만을 살리겠다고 그렇게 자존심을 세웠던 건가? 그런데 멸룡도가는 뭐야. 완전한 멸망으로 가서 다 죽자 이건가."

"아마 둘 중 어떤 쪽을 선택해도 수많은 사람이 죽을 거야."

솔은 길게 숨을 내쉬었다.

"이건 둘 다 정해지면 안 되는 선택지야."

"그들은 이런 속셈을 숨긴 채 양쪽에서 우리를 다 이용했어."

비켄이 포션 병을 쥐고 외쳤다.

"이게 뭐야! 진짜!"

화가 났고, 무서웠다. 현실을 부정하고 싶었다.

하지만 어렴풋이 느끼고 있었다. 마법이 발현된 후부터, 아니, 어쩌면 그 이전부터.

이 세계는 멸망에 가까워지고 있다는 걸.

솔은 떨리는 손을 진정시키며 눈을 감았다. 어둠 속에서 아비스의 목소리가 들렸다.

"그렇다면, 그 죽는 대상에는 우리도 포함되잖아."

아비스가 떨리는 목소리로 이어 말했다.

"있지, 형들. 솔직히 나는 형들이 없는 세계면 멸망해도 상관없을 것 같아."

아비스의 말에 스타원은 할 말을 잃었다. 솔은 아비스의 말에 어떤 대답도 할 수 없었다.

'왜냐하면 나도 그렇게 생각하니까.'

아마 멤버들 다 비슷하게 생각하고 있지 않을까. 수많은 사람이 죽는 것도 절대 원하지 않지만, 서로를 지키지 못한다는 건 또 다른 이야기였다.

솔은 마른세수를 했다.

도대체 왜 이렇게 된 걸까. 멸룡도가도, 용의 일족도 고집스러운 서로의 욕심만을 따르고 있었다.

앞이 깜깜했다. 길은 또 사라졌다. 그토록 헤매다 겨우 찾은 길의 끝은, 한없는 절망이었다.

솔은 떨리는 손으로 주머니 속 주사위를 꺼냈다.

그리고 한없이 주사위를 매만졌다. 손이 차가워서일까. 아니면 너무나 복잡해서일까. 주사위의 온기가 잘 닿지 않았다.

'길이 필요해.'

고장 나서 정신없이 돌아가는 나침반을 하염없이 바라보는 기분이었다. 도무지 방향을 알 수 없었다. 아니, 애초에 목적지가 있는 걸까.

솔은 차가운 손으로 계속 주사위를 매만졌다. 그리고 자기도 모르게 민트색 빛을 떠올렸다.

꿈속처럼 절망적이어서 그런 걸까. 솔은 이 순간이 악몽처럼 느껴졌다.

손이 점점 떨렸다.

그때였다.

손안에 있는 주사위에서 희미하게 빛이 났다.

"어?"

주사위의 빛은 점점 강해졌다. 빛이 시리도록 강해졌을 때, 솔은 이전처럼 놀라지는 않았다. 그간의 경험으로 충분히 알았다.

이 주사위가 흔들리는 이유를. 이번에는 어떤 배움을 줄까.

온몸이 흔들리기 시작했다. 솔은 어지러움을 느끼며 눈을 감았다가 떴다. 예상했던 대로, 눈을 떴을 땐 다른 세상이었다.

챙! 챙-! 챙!

병기가 부딪치는 소리가 묵직하게 울려 퍼졌다. 눈을 뜨기도 전에 시끄러운 소리에 귀부터 막았다.

갑작스러운 이동 후, 낯선 세계에서 처음 본 장면은 창과 방패를 든 두 사람이 격돌하는 모습이었다.

솔은 멤버들도 무사히 도착한 것을 확인한 후, 주변을 둘러보았다.

도착한 곳의 생김새는 무척 익숙했다.

'돔구장?'

천장이 뚫린 넓은 경기장이었다. 솔은 이곳과 비슷한 곳에서 계속 마법 훈련을 받았었다.

'콜로세움이구나.'

솔이 석조 건물의 담벼락에 손을 댈려고 할 때, 유진이 턱짓으로 하늘 위를 가리켰다.

"봐봐."

"응? ……헉!"

하늘 위를 올려다본 솔은 깜짝 놀라 숨을 들이켰다. 하늘은 유리막 같은 결계로 막혀 있었고, 유리 뒤로는 거대한 사람들이 가득 서서 콜로세움을 내려다보고 있었다.

조금이라도 틈이 있는 부분은 온통 사람들의 눈으로 채워져 있었다.

마치 거인 같았다. 동그랗게 굴곡진 유리 벽 뒤에서 시선들이 쏟아졌다.

괴상한 추상화, 또는 동물원의 작은 새장에 들어온 거 같아서 솔은 자기도 모르게 뒷걸음질 쳤다. 유진은 눈을 가늘게 뜨면서 말했다.

"마치 워터볼 같아."

솔은 고개를 끄덕였다. 수많은 사람이 구경하는 워터볼 콜로세움 속에 들어와 있는 듯했다.

시선들이 계속 이어졌다. 비켄도 뒤숭숭한지 자신의 팔을 쓸어내렸다.

"우리도 보이는 건가? 트라우마 생길 거 같아. 저 눈들을 피하고 싶어."

"안쪽으로 들어가면 가려진 곳이 있을 거 같아. 들어갈까?"

그때, 바닥에 모래 먼지가 날렸다. 그리고 다시 병장기가 부딪치는 소리가 요란하게 울려 퍼졌다.

챙! 챙!

솔은 싸우고 있는 두 전사를 바라보았다. 그리고 보면 처음 올 때부터 두 전사는 계속 전투 중이었다.

싸우는 이들은 모두 얼굴이 보이지 않게 전투용 가면을 쓴 상태였다.

캉-!

하얀 머리 전사가 뛰어오르자, 날카로운 창이 둥근 방패에 막혔다. 검은 머리 전사는 방패를 밀어서 하얀 머리 전사를 밀어트렸다.

"큭!"

그들의 움직임에 따라 모래들이 흩날렸다.

솔은 전사들을 바라보았다. 휘날리는 모래 때문에 잘 보이지 않아도 바로 느껴졌다.

'왠지, 유진 형?'

솔은 두 전사를 번갈아 바라보았다. 하얀 쪽도, 검은 쪽도 둘 다 유진처럼 느껴졌다. 얼굴이 보이지 않아도 체형과 분위기만으로도 느껴졌다.

피투성이 전사들의 싸움은 계속 이어졌다. 검은 전사가 방패로 상대를 찍어 내리려던 순간, 하얀 전사는 다시 창을 찌르려고 했다.

쾅-!

하지만 검은 전사는 다시 방패로 창을 막았다. 엎치락뒤치락하던 싸움은, 어느 순간 동시에 서로의 목을 노리면서 멈추었다.

쿠우우웅-!

엄청난 소리에 솔은 귀를 막았다. 전투가 끝남과 동시에 콜로세움이 무너지기 시작했다.

거대한 돌들이 무너지는 소리가 귓가를 파고들었다.

전사들이 흘린 피가 바닥을 적셨다. 피는 돌바닥을 타고 흘러 솔의 발밑까지 흘러 왔다.

솔은 그 피를 보자마자 전사들을 향해 바로 뛰쳐나갔다.

둘 중에 어떤 이가 유진인지 모르지만, 이대로 가만히 두고 보고 있을 수 없었다.

"어?"

하지만 솔은 중간에 발걸음을 멈췄다.

"없어졌어?"

격정적인 전투를 하던 두 전사는 이미 사라진 뒤였다. 도무지 영문을 알 수 없었다.

솔이 사라진 전사들을 찾으려고 주위를 두리번거릴 때였다. 낮은 목소리가 뒤에서 들렸다.

"드디어 왔구나."

사라졌던 두 전사 중 하얀 전사가 언제 쓰러졌었냐는 듯 멀쩡히 서 있었다.

그는 말하며 방긋 웃었다. 그러고는 다짜고짜 솔의 손을 잡고, 스타원에게 자신을 따라오라고 손짓했다.

제 69 화
다른 선택

솔은 힐끔 머리 위를 바라보았다. 이젠 수많은 눈들이 보이지 않았다. 마음이 한결 편해졌다. 그러고 보면, 스타원은 언제나 많은 이들의 시선 속에 둘러싸인 삶을 살고 있었다.

"여기로 와!"

남자는 스타원을 이끌고 어디론가 가더니, 돌로 된 방에 밀어 넣었다. 솔은 주위를 둘러보았다.

병장기가 가득 있는 작은 방이었다. 수많은 무기를 보니, 이곳이 어디인지 짐작할 수 있었다.

"대기실……?"

솔이 읊조렸다. 하얀 머리칼이 빛나는 전사가 고개를 끄덕였다.

"그렇다고 할 수 있지. 미안, 여러분. 지금 나는 뭐든 설명해

줄 시간이 없네. 알겠지만, 너희를 부른 사람은 나야.”

전사는 갑옷 사이 품속에서 작은 편지 하나를 꺼냈다. 그러곤 급한 기색으로 말했다.

“다음 전투가 끝나자마자, 이걸 내 상대인 검은 머리 전사에게 전해줘. 그리고 그 전사가 주는 것을 잘 받아 가.”

전사는 편지를 유진에게 건넸다. 유진은 일단 편지를 받긴 했지만, 대체 무슨 영문인지 알 수 없었다.

“이게 뭐죠?”

유진의 황당해하는 기색에 하얀 전사가 무어라 부연 설명을 하려고 할 때였다.

댕- 댕-!

갑자기 요란한 종소리가 울렸다.

“이런, 설명할 틈이 없네.”

전사는 유진의 손목을 붙잡고 끌었다.

“설명이 부족해서 미안해. 하지만 따라와줘.”

스타원은 손목이 붙잡힌 채 끌려가는 유진을 따라 왔던 길을 다시 돌아갔다.

이게 무슨 일이냐며 서로 눈짓을 주고받았지만, 전사에게 이유를 묻지 않고 가만히 따라갔다.

전사의 가면 너머 눈빛에서 무척 간절하고 급한 무언가를 느꼈기 때문이었다.

종이 울리고 몇 분 뒤, 또다시 아까 전 그 전투장에 도착했다. 하얀 전사는 언제 스타원과 대화를 나누었냐는 듯, 황급히 전투장에 들어가 날카로운 창을 들었다.

댕-!

전사가 창을 들자 한 번 더 종소리가 크게 울렸다. 그리고 다시 열띤 전투가 시작되었다.

두 전사의 굵은 땀방울이 땅바닥에 비처럼 내리기 시작했다. 전투는 치열했다. 창은 현란하게 움직였고, 방패는 그런 공격을 우습다는 듯이 죄다 막았다.

솔은 그 처절한 전투를 보지 않고, 고개를 다른 곳으로 돌렸다.

워터볼 밖은 여전했다. 수십 개의 눈이 그들의 싸움을 흥미롭다는 듯 보고 있었다.

쿵-!

유진은 자신도 모르게 신음을 내뱉었다. 두 전사는 합을 주고받다가 결국 동시에 쓰러졌다.

콜로세움에 침묵이 맴돌았다. 두 전사가 쓰러지자, 기다렸다는 듯 워터볼 밖에 있는 수십 개의 눈이 동시에 감겼다. 굉장히 징그러운 광경이었다.

또 한 번의 전투가 끝난 것이었다.

짧은 침묵 속에서 솔은 소름이 돋은 팔을 쓸어내렸다.

'다시 전투가 시작되면 저들은 다시 눈을 뜨겠지.'

도대체 누가, 어째서 이런 피 튀는 전투를 구경하는 걸까.

솔의 상념은 곧 끝났다. 아까와는 반대로, 이번에는 검은 머리색을 지닌 전사가 스타원의 뒤에서 나타났다.

검은 전사는 스타원에게 따라오라는 듯 손짓했다. 아까 하얀 전사를 따라갔던 곳과 반대 방향이었다. 스타원은 망설이지 않고 검은 전사를 따라갔다.

들어선 대기실의 모양도 비슷했다. 바닥에 거친 러그가 깔린 게 유일하게 다른 점이었다.

검은 전사는 익숙한 듯, 들고 있던 방패를 바닥에 휙 던졌다. 척 봐도 무거워 보이는 방패는 석판 바닥에 '쿵' 하며 떨어졌다.

유진은 그런 검은 전사를 바라보았다. 검은 전사는 머리를 쓸어 올리며 시선을 마주쳤다.

두 사람의 눈빛이 부딪쳤다. 침묵 속에서 말을 먼저 꺼낸 이는 유진이었다.

"이거, 당신과 싸우던 사람이 전해주라고 했어요."

유진은 편지를 건네줬다. 전사는 급히 편지를 받아서 열었다.

"어?"

전사는 빠르게 편지의 내용을 눈으로 훑었다. 곧 편지는 하얀빛을 내며 남자의 손안에서 불타올랐다. 그러고는 곧바로 허공으로 소실되어 흔적 없이 사라졌다.

"어…… 어! 잠깐!"

스타원은 당황했지만, 전사는 침착했다.

전사는 작게 숨을 내쉬었다. 그리고 바로 바닥에 있던 러그를 들어 올렸다.

드러난 돌바닥에는 낯선 문양이 가득했다. 하지만, 그들 중 마법서를 해석하느라 오랜 시간 씨름했던 타호는 바로 문양의 의미를 눈치챘다.

'반복된 문양이 많네. 저거 숫자 같은데, 날짜를 센 건가?'

전사는 깊은 한숨을 내쉬고 조용히 고개를 들어 스타원을 바라보았다.

"너희가 우리의 바람을 들어줄 이들이 맞구나. 드디어 그들의 시선에서 벗어난 채로 대화를 나눌 수 있게 됐어. 정말 고 맙다.”

전사는 바닥에 있는 방패를 턱 끝으로 가리키며 말했다.

“내 소원을 이루도록 도와줘서 고맙다. 저걸 가지고 너희 세 계로 돌아가라.”

스타원은 서로를 바라보았다. 익숙한 패턴이었다.

무언가를 요구하고, 그에 상응하는 대가를 받는 것. 솔은 침 착하게 물었다.

“어떤 소원이었는데요? 저흰 아직 못 들은 게 많아요.”

“별것 아니야. 이 편지를 건넨 게 누군지 알지? 그와 나. 우 리의 선택에 관한 거랄까.”

추상적인 대답에 무슨 이야기인지 알 수 없었다. 스타원이 잠시 침묵하며 뒷말을 기다리자, 전사는 숨을 길게 내쉬었다.

“나는 신과 거래를 했어. 7년 동안 여기서 끊임없이 전투하 기로.”

전사는 바닥에 널린 병장기를 지겨워하는 기색으로 툭툭 치며 말했다.

“그러면 세상에 널린 역병을 없애주겠다고 했거든. 언제부터 인가 세상에는 역병이 범람했어. 걷잡을 수 없이 전염병이 퍼지고 있다는 사실을 알아차렸을 때는 이미 늦었지. 결국 대륙의 반절이 넘는 사람들이 사망했어. 그제야 온 세상 사람들이 힘을 모아 역병을 치료하려고 애썼지만, 도무지 역병은 잡히지 않았어. 그때, 신탁이 내려왔지."

전사는 스타원을 보며 쓰게 웃었다.

"역병을 낫게 하고 싶다면 가장 위대한 전사를 제물로 바치라고 말이야."

"그건 너무 잔인해요."

전사는 고개를 저었다.

"글쎄. 목숨 하나로 많은 수의 사람들을 살릴 수 있다면 대가가 싼 거지. 세계적인 전사라고 칭송받던 나는 모두를 위해서 제단으로 걸어갔어. 신관들은 제단에 불을 붙였고, 나는 눈을 감았지."

전사의 말에 스타원은 침을 꿀꺽 삼켰다.

"감았던 눈을 떠보니 이곳이었어. 거대한 눈들이 나를 지켜보기 시작했고, 목소리가 들려왔어. 신이 말하길, '네 세계의 역병을 낫게 하고 싶으면 7년간 이곳에서 싸우라'고 했지. 나는 누구와 어떻게 싸우냐고 물었고, 신은 시작해보면 안다고 했어."

전사는 아득한 옛날을 상기하듯 떠올리다 대기실 벽면으로 고개를 돌렸다.

"이것들 봐. 위대하신 신은 영광스럽게도 무기까지 줬어. 그게 이거야."

전사는 바닥에 팽개친 검은 방패를 들어 올렸다.

"이것뿐 아니라 수많은 병기를 줬어. 어떻게든 상대를 굴복시키고 꿇어앉히라는 듯이. 나는 이것을 들고 계속해서 미친 듯이 싸웠지."

전사는 방패를 다시 바닥에 내던졌다.

쿵!

"수백 번, 아니, 수천 번 겨뤘고, 둘 중 한 명이 죽으면 경기가 끝났어. 나는 상대를 죽이기도 하고, 상대의 검에 죽임당하기도 했어."

솔이 미간을 찌푸렸다.

"한 명이 죽으면 종전을 알리는 종소리가 울려. 그러면 거짓말처럼 모든 부상이 낫고, 다시 부활하게 돼. 그렇게 나는 계속 싸웠어."

유진은 전사의 손을 바라보았다. 거친 손에 핏자국이 묻어 있었다.

이 전사는 얼마나 많은 싸움을 한 걸까.

"서로가 누구인지도 알지 못한 채로 계속 싸워 온 거예요?"

유진이 물었다.

"그렇지. 그게 궁금할 새도 없었던 것 같다. 계속 반복해서 곧바로 시작되는 전투에 흐르는 대로 몸을 맡기다 보면 잡생각을 할 여유도 사치였으니까."

전사는 씁쓸하게 웃으며 말을 이었다.

"승패는 항상 애매했어. 수없이 전투해도 결국 비등비등한 승률로 서로를 죽이고 끝났지. 세계에서 제일가는 전사라고 늘 인정받던 나인데도 말이야. 그래서인지 어느 순간, 이런 상대가 궁금해지더라. 그런데 얼굴을 절대로 알 수 없었어. 전투 중에 가면이 벗겨져도, 뭔가가 방해하는 듯 상대방 이목구비가 일그러져서 보였거든."

전사의 입꼬리가 비틀렸다.

"하지만 꽤 시간이 흐른 뒤에 진실을 볼 수 있었어."

전사는 그 말을 하며 천천히 가면을 벗었다.

"그 상대는, 바로 다름 아닌 나 자신이었지."

전사의 멀끔한 이목구비가 드러났다. 스타원은 모두가 단번에 알 수 있었다.

'역시 이 사람은 다른 세계의 유진 형이야.'

그렇다면 하얀 머리칼의 전사도 또 다른 유진이었을 터였다.

솔은 주먹을 꽉 쥐었다. 자기 자신과 영원히 싸우는 형벌을 내린다니. 어떻게 이런 일이 가능한 걸까.

솔이 어깨를 부들부들 떨자, 유진이 팔짱을 끼며 질문했다.

"얼굴이 안 보이는데, 어떻게 알았어요?"

"딱 한 번, 콜로세움 전체가 흔들렸을 때가 있었어. 신이 어떤 장난을 치려다 실패한 건지, 무슨 일이라도 생긴 건지 모르겠지만, 줄곧 경기장을 향하던 눈동자가 처음으로 곁눈질한 적이 있었어. 그때 마침 유효타가 들어가서 상대의 가면이 떨어졌고, 이목구비가 선명히 보였어. 아마 그때 특수한 마법이 잠시 풀렸을지도 모르지. 우연이 준 기적이었다고 생각한다."

타호는 곰곰이 생각하며 말했다.

"하긴 마법도 만능은 아니니 오류가 났을 수도 있지."

"뭐든 상관없어. 실수든, 오류든. 중요한 건, 상대 전사가 나랑 똑같은 얼굴이었다는 거니까."

검은 전사는 한숨을 길게 내쉬었다.

"저, 정말 똑같은 인물인가요? 그게 가능할 리가 없잖아요. 쌍둥이라도 있던 거 아닐까요?"

비켄이 놀란 듯 말을 더듬으며 물었다. 전사는 고개를 절레절레 저었다.

"그건 아니야. 이 세계에 오기 전까지의 기억이 선명하게 남아 있어. 나에게 쌍둥이라는 존재는 없어."

전사는 어깨를 으쓱이며 말을 덧붙였다.

"뭐, 게다가 이곳으로 오기 전에 있던 전투에서 크게 베인 적이 있거든. 그 흉터가 하얀 전사에게도 있더라. 쌍둥이라면 같은 흉터가 있을 리 없잖아."

"그러면…… 이곳에서 얼마나 싸워 온 건가요? 신은 7년을 약속했잖아요. 이제 곧 나갈 때가 되었나요?"

아비스가 한발 앞으로 나서며 물었다. 전사는 다시 한번 고개를 저었다.

"아마 신이 약속한 7년은 이미 지났을 거야. 나는 날짜를 세기 위해, 경기장의 해가 뜨고 지는 횟수를 러그 밑 돌바닥에 일일이 새겨 두었어. 그런데 봐. 몇만 개의 획이 있는지."

엄청난 숫자의 획을 본 스타원은 할 말을 잃었다. 이건 너무 잔인했다. 유진이 한마디 내뱉었다.

"도대체 왜 이런 짓을 하는 거죠? 이건, 이건 거짓이잖아요."

"글쎄, 심심해서? 아니면 인간에게 보여줄 본보기일지도 모르지. 당장 스스로 파멸에 이르기를 멈추지 않으면 죽이는 건 남이 아닌 자기 자신이다, 뭐 그런 거. 물론 명분에 지나지 않는 것 같긴 하지만 말이야. 수많은 눈을 봤지? 신들은 우리가 싸우는 걸 계속 보고 있어. 똑같은 사람에게 다른 무기를 주고 싸우게 하는 게 나름 재미있나 봐. 어떻게 같은 사람을 둘로 나눴는지는 모르지만 말이야."

전사는 계속 웃고 있지만, 아무렇지 않은 건 아니었다. 유진은 분명히 보았다. 그는 주먹을 꽉 쥐고 있었다.

솔의 버릇도 저거라서, 유진은 바로 알았다. 전사는 지금 참고 있는 것뿐이었다.

하지만 검은 전사가 아무런 대책 없이 참고 있을 것 같지는 않았다.

'뭔가를 할 거야.'

그 증거로 남자는 천장을 노려보고 있었다.

"이 상황을 어떻게 타파하실 건데요?"

전사는 눈을 부릅뜨고 말했다.

"편지에 그 해법이 적혀 있었어. 다시 전투가 시작되면, 이번에는 서로를 향해 바로 달려들지 않을 거야. 하얀 전사가 그의 창을 벽으로 던지기로 했어. 이제까지는 서로에게 공격받지 않기 위해 공격하느라 바빴다면, 신이 눈치채지 못하게 찰나의 틈을 만들려 해."

전사는 비웃으며 말했다.

"아마 몇 명은 해치울 수 있겠지. 신은 우릴, 아니, 나를 얕봤어."

"그래도 돼요? 그러다 역병이 멈추지 않기라도 하면……."

"그 교조적인 신이 정말 내 세계의 병을 멈춰주었을지도 못 믿겠어. 여기서 나가 내 눈으로 직접 확인할 거야. 죽도록 싸우는 게 운명이라니, 이딴 거에 어떻게 순응해."

스타원은 서로를 바라보았다. 검은 전사의 말이 깊이 공감됐다.

솔은 그들의 상황을 떠올렸다.

'우리의 세계도 정해진 멸망을 앞에 둔 채 의미 없는 싸움만을 반복하고 있지.'

용을 막든, 막지 않든 멸망하는 운명.

간절하게 저항하고 싶었다. 완전한 멸망도, 모든 생명의 반을 앗아가는 운명도 다 싫었다.

검은 전사는 씩 웃으면서 말했다.

"선택지가 마음에 안 들면, 아예 전제를 바꾸면 되는 거야."

그렇게 말한 전사는 방패를 유진에게 휙 던졌다. 유진은 받아 들다가 뒷걸음질했다. 마법 발현 후 강해진 근력으로도 방패는 매우 무거웠다.

"그거 줄게. 편지를 전해줘서 정말 고맙다. 너희의 세계에는 축복이 있기를."

전사는 유진의 어깨를 두들겼다.

"그 방패, 신이 만들어서 꽤 성능이 좋아. 뭔가를 지킬 수 있을 거다."

유진은 검은 방패를 조심스럽게 만져보았다. 고풍스러운 무늬의 방패였다.

"이걸 우리에게 줘도 돼요? 전투에 필요하지 않아요?"

"최후의 싸움에는 방어가 필요하지 않아."

순간 유진은 깨달았다. 두 전사는 몸을 지킬 힘마저 죄다 신을 공격하는 데 쓸 것이다.

뎅! 뎅! 뎅!

그때, 시끄러운 종소리가 울렸다.

"작별 인사할 시간이 없네. 멀리 배웅은 못 하겠다."

전사는 쓰게 웃으며 자리에서 일어났다. 그러고는 바닥에 널린 칼 중 하나로 자신의 머리카락을 잘랐다.

칠흑 같은 머리카락이 바닥 위로 후드득 떨어졌다. 검은 전사는 팔뚝을 그어 그 위에 피를 떨어트렸다.

붉은 핏방울이 타올랐다. 전사는 손가락을 튕겼다.

곧 손끝에 하얀 마력이 일렁거리며 좁은 석실에 빙글빙글 돌았다.

"잘 있어라. 고마운 소년들이여."

유진은 재빨리 외쳤다.

"행운을 빌어요!"

전사는 씩 웃었다. 유진과 꽤 닮은 미소였다.

세상이 점점 반짝였다. 이제 익숙해진 차원 이동에 스타원은 조용히 세상을 내려다보았다. 발끝이 점점 바닥에서 떨어졌다. 몸은 또 하늘로 날아올랐다.

제 70 화
정해진 예언

두 전사가 있던 콜로세움이 점점 시야에서 멀어졌다. 마치 로켓을 탄 듯, 순식간에 땅에서 멀어졌다.

발 디딜 곳이 없어서일까. 균형을 잃으면 다시 떨어질 것 같았다. 유진은 계속 발아래를 바라보았다. 섬뜩한 눈들이 몸을 스쳐 지나갔다.

그때였다.

갑자기 모든 눈이 피눈물을 흘리며 감겼다. 눈들은 고통스러운 듯, 이리저리 흔들렸다.

"그분들, 성공한 것 같아."

"대단하다."

피눈물을 흘리는 눈들이 요동쳤다. 꽤 섬찟한 장면이었지만, 이들이 해온 짓을 알아서일까. 솔은 그들의 아픔에는 공감이 가지 않았다.

그렇게 워터볼의 세상은 점점 멀어졌다. 이제 점처럼 보이는 깨진 워터볼을 보며 솔이 말했다.

"우리도 저 전사들처럼 새로운 선택지를 찾자."

스타원은 고개를 끄덕였다.

"힘들지만, 포기하지 않으면 분명히 찾을 수 있을 거야."

아비스가 조심스럽게 물었다.

"솔 형, 그것도 예지야?"

솔은 웃으면서 말했다.

"비슷할지도 모르지."

솔은 이제 보이지 않는 세계를 보며 전사들의 행운을 빌었다. 그렇게 스타원은 다시 현실로 돌아왔다.

현실에서의 시간은 빠르게 흘러갔다. 스타원은 곧 드래곤 피크를 벗어나 한국으로 돌아왔다. 늘어난 체력 덕분에 방송 스케줄은 거뜬히 해냈지만, 문제는 마법 훈련이었다. 서울에서는 훈련할 장소가 마땅치 않았다. 스타원은 숙소에 모여 이야기를 나누었다.

"방패 사용을 익힐 만한 넓은 곳 없나……."

유진은 전사에게서 받은 검은 방패를 쓰다듬었다. 꽤 묵직해서 들고 있기도 어려웠다.

솔은 그 모습을 보며 피식 웃었다.

"그런 곳을 찾으려면 넓은 공터가 있는 산이라도 가야 할 걸? 사람들 눈도 피하려면 말이야."

"그런가. 어쩔 수 없지. 시간 나면 산이라도 갔다 와야겠다. 이 방패 진짜 대단해. 투명한 막을 펼쳐서 결계를 생성할 수 있어. 그럼 넓은 부분까지 막을 수 있거든. 얼마만큼의 너비를 방어할 수 있는지 알고 싶은데……."

전 같으면 멸룡도가의 습격에 맞선 전투를 할 때 금방 확인할 수 있었을 것이다.

타호가 탁자에 엎드리며 말했다.

"습격이 멈췄으니까 다행이긴 한데……. 어떻게 되어가는 걸까, 그들은."

솔은 고개를 끄덕이며 뜨거운 차를 타호에게 건넸다. 타호는 차를 받았지만 마시지는 않았다.

"비켄이랑 아비스는 잘 자네."

"여독도 쌓였고, 스케줄도 많이 했잖아. 타호, 너는 안 피곤해?"

"응. 괜찮아. 사실 마법서 해석을 하지 않으니까 체력이 남아돌아."

셋은 마법서를 떠올리고 동시에 한숨을 내쉬었다. 마법서는 더 이상 답을 주지 않았다.

상황은 고요하기만 했다. 폭풍전야처럼.

"어쨌거나 습격은 없는 게 훨씬 좋긴 하지."

"그런데 그거 좀 이상하지 않아? 왜 갑자기 멈췄지?"

솔은 차를 한 모금 머금으며 말했다.

"조용히 서로의 작전을 짜고 있는 것 아닐까. 정말 끝이 머지않았는지도 모르지."

유진은 방패를 계속 매만지며 눈을 가늘게 떴다.

"그걸 생각하면 화가 나. 도대체 두 집단의 의미 없는 싸움에 우리는 얼마나 이용당한 거야?"

타호는 눈가를 문지르며 솔이 준 차를 바라보았다. 모락모락 김이 계속 올라왔다.

"용의 일족의 힘은 반드시 쇠퇴할 거야. 과거의 유물만 안고 사는 일족이야. 보물들이 통째로 사라졌는데, 모든 것이 예전과 같진 않겠지."

"멸룡도가는 그 틈을 파고들 거 같아. 그 두 집단은 우리에게 신경 쓰지 않는 게 아니라, 신경 쓸 틈이 없는 게 아닐까?"

솔의 말에 타호는 쓰게 웃었다.

"세계의 결말을 정하는 위대한 일족들 아니었어? 그런데 막상 제일 중요할 때 둘이 싸움이나 하고 있다고?"

솔은 고개를 저었다.

"시작 당시의 목적과 끝이 다른 건 흔한 일인걸? 그들은 이제 각자의 이념이 중요하지 않을 거야. 어쩌면 서로가 싸우는 게 더 중요할지도 모르지."

셋은 잠시 말이 없었다. 한참을 엎드려 있던 타호는 솔이 준 차를 마시려고 고개를 들었다.

솔은 차를 마시는 타호를 보다가 창밖으로 시선을 돌렸다.

"뭐, 그쪽은 그쪽이고. 우리는 우리니까."

타호와 유진은 그 말에 동의했다.

다시 원점으로 돌아왔다. 여전히 할 수 있는 일은 없었다.

유진은 방패를 계속 쓰다듬으며 생각에 잠겼다. 과연 다른 길은 무엇일까. 우리가 뭘 할 수 있을까.

유진은 자기도 모르게 중얼거렸다.

"길이 있긴 할까?"

솔은 계속 창밖을 보다가 주머니 속에 있는 민트색 주사위를 꺼냈다. 미미했지만 여전히 온기를 품고 있었다.

그것이 사랑스러워서, 솔은 주사위에 살짝 입을 맞췄다. 옅은 온기가 입술로 옮겨졌다.

"나는 우리가 비극이라는 정해진 레일을 타고 내려왔다고 생각해. 이런 걸 흔히 운명이라고 하더라."

예지 능력을 가진 솔의 말에 타호와 유진은 집중했다.

"그런데 웃긴 건, 나는 이렇게 정해진 예언이 싫어. 신화를 보면 신탁이 자주 나오잖아. '전쟁에서 승리해서 영광을 얻으면 죽는다'거나, '전쟁에 나가면 20년간 집에 돌아오지 못한다.' 이런 거 말이야. 하지만 영웅들은 다시 고향으로 돌아와 행복하게 삶을 마감하기도 해. 사랑하는 사람들과 말이야. 세상 모든 일이 예언대로 딱딱 맞아떨어진다면, 우리의 의지나 희망은 무슨 소용이 있겠어?"

솔은 다시 창밖으로 시선을 돌렸다. 환한 도시 속에서도 별빛들이 힘을 잃지 않고 반짝였다.

"계속 생각했어. 운명으로 가려는 관성 같은 힘이 있다면, 그것에 저항하는 힘도 있을 거라고."

솔은 두 사람을 바라보았다. 밤하늘 별처럼 솔의 눈동자가 반짝였다.

"우리를 비극으로 몰려는 힘이 있다면, 그걸 벗어나게 하는 힘도 있지 않을까?"

솔은 활짝 미소 지었다.

"무섭고 힘들지만, 우리를 돕는 이들도 분명 존재할 거야."

유진은 그런 솔의 말에 집중하다 방패를 놓쳤다. 방패는 거실 바닥에서 뒹굴었다.

흔들리는 방패는 마치 가라앉는 배처럼 보였다.

그 모습을 본 유진은 자기도 모르게 마음속 깊은 생각을 토해냈다.

"나도 마찬가지야. 너희를 기필코 지키고 싶어. 비록……."

유진은 고통스러웠던 빙의 마법을 떠올렸다. 변형되는 신체와 이지를 잃어가는 정신은 무서웠지만, 그런데도 애타게 바랐다.

"내가 돌이킬 수 없는 일을 저질렀다고 해도 말이야."

그건 두 사람도 마찬가지였다. 다시 침묵이 맴돌았다.

솔은 고개를 돌려 창밖을 바라보았다. 시선이 닿은 창가는 여전히 밤이었다.

스타원은 표류하면서 헤매고 있었다. 하지만 밤하늘의 별은 찬란하게 반짝거렸다. 그것이 아름다워서 많이 무섭지는 않았다.

별빛 사이에서 아무리 헤매고 있다고 해도 스타원은 쉴 틈이 없었다.

어느덧 데뷔 4주년 콘서트가 3개월 앞으로 다가와 있었다.

아무리 마음을 다잡아도 가끔 심란하긴 했지만, 멸룡도가 때문에 잘 보여주지 못했던 파리의 공연을 생각하면 정신이 번쩍 들었다.

스타원은 노래와 춤 연습에 열중했다. 다시는 아이온을 실망시키고 싶지 않았다. 그렇게 하루하루가 지나가고 있었다.

"여긴 여전하다."

솔은 익숙한 연습실을 둘러봤다. 연습생 시절부터 마법 없는 아이돌일 때를 거치는 동안 항상 여기에서 연습했었다.

마법이 발현한 뒤로는 훨씬 시설이 좋은 곳에서 연습했다. 하지만 오늘은 오랜만에 이 연습실로 오게 됐다.

매니저 DK는 스타원 멤버들을 둘러보며 사과했다.

"미안하다. 오늘은 대관 스케줄이 좀 꼬여서 예전 연습실을 쓰게 됐어. 시설이 별로지?"

"괜찮아요. 옛날 생각도 나고 좋아요."

솔은 손때가 묻은 벽을 바라보았다. 추억 때문일까. 빨리 이곳에서 열심히 연습하고 싶었다.

"안녕하세요-!"

곧 댄서들이 왔고, 연습이 시작되었다.

고된 연습이었지만, 추억이 새록새록 떠올라서인지 오늘따라 굉장히 즐거웠다. 연습도 더 잘되는 느낌이었다.

한차례 연습이 끝나자, 솔은 숨을 몰아쉬면서 벽에 몸을 기댔다. 이렇게 있으니 오랜만에 예전으로 돌아간 느낌이었다.

이곳에서는 계속 꿈을 꿨었다. 꿈꾸고 바라는 삶의 연속이었다.

연습생. 데뷔. 마법 없는 아이돌. 그리고 지금. 또 무슨 꿈을 꿀 수 있을까.

솔은 멤버들을 돌아보았다. 연습하는 모습이 마치 꿈결 같았다. 그래서 솔은 저절로 웃음이 나왔다.

"솔 형, 왜 웃어?"

아비스가 옆으로 다가와서 앉았다. 솔은 어깨를 으쓱하며 대답했다.

"그냥 다 함께 있는 게 좋아서."

솔의 실없는 대답에 아비스도 피식 웃었다. 그때 매니저 DK가 물었다.

"너희는 다 함께 있는 게 그렇게 좋아?"

"네. 이상하게 용기가 나요. 같이 있으면 뭐든 할 수 있을 거 같아요."

매니저 DK는 솔을 한참 바라보다 머리를 쓰다듬고 돌아섰다. 이런 다정함도 있는 사람이었던가. 솔은 머리카락을 정리하며 매니저 DK를 시선으로 좇았다.

익숙한 뒷모습이 보였다. 새삼스럽지만, 매니저 DK는 참 이상한 사람이었다.

'매니저 형은 뭔가를 알고 있는 게 확실해. 그러면서 늘 숨기고 있어.'

왜 그렇게 느끼는지 이유는 알 수 없었다. 그저 감일 뿐이었다.

솔은 계속 매니저 DK의 뒷모습을 바라보았다. 꽤 많은 시간을 함께 활동했다.

매니저 DK는 매번 중요한 순간에 스타원을 도와줬다. 처음 멸룡도가의 습격 때 이 사람이 없었으면 그대로 납치됐을지도 몰랐다.

'적어도 우리에게 호의적인 건 확실한데, 무슨 비밀을 숨기고 있는 걸까.'

솔이 계속 보고 있어서일까. 시선을 느낀 매니저 DK가 갑자기 돌아섰다.

눈이 마주쳐서 솔은 깜짝 놀랐지만, 매니저 DK는 웃기만 했다.

"같이 있어서 좋다는 그 감정을 소중히 여기렴."

뜬금없는 말에 솔은 눈만 깜박였다. 매니저 DK는 부드럽게 말했다.

"아름답다고 생각했단다."

"네?"

"어느 곳에서도, 어떤 때에도, 무거운 짐을 짊어진 채여도 꿈을 좇는 너희들은 항상 눈부셨어."

갑작스러운 찬사에 솔은 그저 듣고만 있었다. 위로를 받는 듯, 마음이 뭉클해졌다.

어느새 솔을 포함해 멤버들 모두 매니저 DK의 말을 숨죽여 들고 있었다.

스타원은 아무 말도 못 했다. 한참 있다가 겨우 비켄이 말했다.

"매니저 형, 왜 그래요? 피곤해요?"

"얘들아, 그거 아니?"

매니저 DK는 대답하지 않은 채, 가장 가까이 있는 유진의 어깨를 툭툭 쳤다. 유진은 답지 않게 조금 놀라서 되물었다.

"뭐, 뭘요?"

매니저 DK는 휙 돌아섰다. 이번에 눈이 마주친 건 솔이었다.

"너희들이 얼마나 특별한 존재인지 아니? 너희야말로 진정한 운명의 소년들이야. 세상이 준 굴레를 부수고 운명을 바꿀 수 있어. 너희 자신을 믿으렴."

도무지 무슨 말인지 알 수 없었다. 하지만 매니저 DK는 계속 말을 이었다.

"잊지 말렴. 너희가 노래를 부르는 가수가 된 데는 다 의미가 있어."

솔은 조심스럽게 말했다.

"형, 그게 무슨……"

"그럼, 연습 열심히 하렴."

매니저 DK는 자기 할 말만 하고 돌아서서 걸어갔다. 어색한 분위기 속에서 스타원은 서로를 바라보았다.

"갑자기 왜 저러시는 거지?"

솔은 곰곰이 생각해 보았다. 매니저 DK의 말은 스타원이 처한 지금의 상황과 꽤 맞닿아 있었다. 의미가 있는 게 분명했다.

솔은 다시 물어보려고 자리에서 일어났다. 왠지 모르지만, 지금이 아니면 질문도 못 할 거 같았다.

그때 안무가가 외쳤다.

"자, 휴식 끝! 다시 시작한다!"

솔은 하는 수 없이 다시 거울 앞에 섰다.

매니저 DK는 그런 스타원을 뒤로한 채, 조용히 연습실 문을 열고 나갔다.

연습이 끝난 건, 두 시간 후였다. 스타원은 가쁜 숨을 몰아 쉬었다. 숙소로 돌아갈 채비를 마친 스타원은 하나둘 연습실에서 나갔다. 유진은 문밖에서 손짓했다.

"솔아, 빨리 나와."

"응! 나가!"

솔은 서둘러 밖으로 나갔다.

제 71 화
예정된 것

연습실에 올 때도 지나왔지만, 솔은 새삼 복도를 멍하니 바라보았다. 문득 참 오랜만이라고 느껴졌다. 그간 많은 일이 있었다.

　'이곳에서부터 마법이 시작되었지.'

　순간 수많은 기억이 스쳐 지나갔다. 기적처럼 느껴졌던 마법의 발현과 이제 습관이 된 훈련까지. 그리고 타호가 해석한 마법서의 내용까지 머릿속에 맴돌았다.

　'세상의 완전한 멸망과 절반의 멸망. 그리고 우리의 죽음.'

　불안함이 습관처럼 다가왔다. 그 탓일까. 희미하게 손이 떨렸다.

　솔은 숨을 길게 내쉬며 생각을 떨쳐내려 애썼다. 그리고 아직도 떨리는 손으로 주머니 속에 든 주사위를 꺼냈다. 힘들 때마다 하는 습관이었다.

솔은 주사위를 바라보았다. 몇 번 다른 세계로 간 뒤, 이 주사위는 이제 미약한 온기만 겨우 남아 있고 대체로 잠잠했다.

힘이 다 되어 가는 걸까. 이 주사위도 나처럼……

솔이 상념에 빠져 있을 때였다. 아비스의 타와키가 날갯짓하다 솔의 어깨를 쳤다. 덕분에 들고 있던 주사위가 떨어져서 복도를 데굴데굴 굴러갔다.

"타와키! 얘가 왜 하지 않던 실수를 하지? 솔 형, 미안해."

"아니야. 조금 멀리 갔네. 주워 올게!"

솔은 주사위를 향해 뛰어갔다. 주사위는 통통 튀겨서 꽤 먼 곳까지 달아나 있었다. 솔은 계속 주사위를 쳐다보며 달려갔지만, 막상 어디로 갔는지 보이지 않았다.

솔은 열심히 두리번거리며 말했다.

"조금 기다려줘. 안 보이네."

"도와줄까?"

"아니야. 찾았어!"

솔은 멤버들을 보며 활짝 웃으며 손을 뻗었다. 그때, 이상한 느낌이 들었다.

이런 느낌은 예전에도 몇 번 느꼈었다. 마치 예정된 일들이

톱니바퀴처럼 맞물려 발생할 때 이런 기이한 느낌이 들었다.

솔의 예감은 정확히 맞았다.

복도에 익숙한 마법진이 생기기 시작했다.

"뭐, 뭐야!"

솔을 제외한 멤버들은 패밀리어를 안고 당황한 듯 주위를 둘러보았다. 복잡한 마법진은 멤버들을 에워싸며, 복도와 천장에 가득 찼다.

솔은 당황하지 않았다. 오히려 침착할 정도로 자신이 뭘 해야 하는지 알 거 같았다.

솔은 갑작스레 눈앞에 나타난 주사위를 주웠다. 수없이 닿아왔던 온기가 손안에 쏟아지듯 폭발했다.

솔의 주사위는 처음 만났을 때처럼, 뭔가 감동을 줄 것만 같은 마법을 펼쳤다.

펼쳐진 마법진이 회전하듯 움직였다. 눈부신 빛이 쏟아졌다.

쏴아아-.

솔은 눈을 감고 따스한 감각을 받아들였다.

다시 눈을 떴을 때는, 다른 세계였다.

눈부신 빛은 천천히 사라졌다. 멤버들도 함께 이동해 있었다. 각자의 품속에 안겨 있는 패밀리어들은 눈이 동그래져 있었다.

다들 겨우 눈을 떴지만, 시야가 익숙해지는 건 조금 시간이 걸렸다.

제일 먼저 눈에 들어온 건, 수많은 책이었다.

"앗, 이건 그때 그······."

타호는 바로 알았다. 거대한 도서관에서 봤던 책들과 비슷했다. 하지만 그때와 다른 건 책들이 책장에 꽂혀 있지 않다는 거였다.

책들은 펼쳐진 채로 높은 곳에서 둥둥 떠다녔다. 호기심에 타호가 손을 들어 잡으려고 하자, 도망치듯 슬쩍 멀어졌다.

하지만 어떤 책은 스타원에게 직접 다가왔다. 비켄은 유난히 자신의 곁으로 온 책을 보다 어깨를 움찔했다.

"엇, 뭐야."

펼쳐진 책에서 워터볼 하나가 튀어나왔다.

비켄은 그 워터볼을 보다 또 깜짝 놀랐다.

"이거 뭔가 익숙한데······."

워터볼 안에는 앙상하게 마른 나무 하나와 새하얀 눈밖에 없었다. 비켄은 이런 곳에서 오랜 시간 버텼던 하얀 마법사를 알고 있었다. 그와 동시에, 그가 저 세계를 지키기 위해서 했던 일들이 스쳐 지나갔다.

비켄은 자기도 모르게 가슴을 눌렀다. 코끝도 시큰거려왔다. 아름답고 숭고하지만, 굉장히 슬픈 일이었다. 그래서 그 마법사만 생각하면 가슴 한쪽이 아려왔다.

모든 책이 펼쳐지면서, 각자의 워터볼을 토해냈다.

타호는 워터볼 안에서 천장까지 뻗어있는 서재를 보았다. 여전히 빽빽하게 책들로 채워진 채였다.

아비스는 장인이 만든 미궁을 보았고, 유진은 무너진 콜로세움을 보았다.

오직 솔만 펼쳐진 책과 워터볼이 없었다.

'내 이야기는 뭘까. 이 세계가 아직 보여주지 않은 비밀은.'

솔이 씁쓸한 듯 생각하고 있을 때였다. 갑자기 솔의 주위로 작은 마법진이 하나 생기기 시작했다.

"어, 형! 뭔가가 형만 감싸는데?"

타호는 솔을 감싼 마법진을 자세히 바라보았다. 왠지 문양이 퍽 익숙했다. 분명 이 마법진을 본 적이 있었다. 그리고 그

고민은 오래가지 않았다.

'아, 그때 매직 아일랜드 점술관에서 봤던!'

마법진이 빛났다. 거대한 마법진 중앙에는 솔이 당황한 채 우뚝 서 있었다.

타호가 급하게 입을 떼려고 할 때였다. 마법진에서 거센 돌풍이 일기 시작했다.

"뭐, 뭐야!"

스타원은 각각의 패밀리어를 안고 몸을 움츠렸다. 하지만 돌풍은 잠시뿐이었다. 거센 바람은 순식간에 사라지고, 피부에 남은 건 기분 좋은 공기의 살랑임이었다.

그리고, 어느새 솔은 사라져 있었다.

솔은 돌풍을 막으려고 들었던 팔을 내렸다.

"우와-!"

어디선가 어린아이들이 꺄르르 웃는 소리가 들렸다. 솔은 주위를 둘러보았다.

제일 먼저 눈에 띈 것은 색색의 천막이었다.

초록빛 잔디가 넓게 펼쳐진 곳에 아이들이 밝게 웃으면서 뛰어다녔다.

'여기는 어디지?'

솔은 주위를 둘러보다가 하늘을 바라보곤 깜짝 놀랐다. 투명한 유리 벽 너머로 멤버들의 얼굴이 보였다.

솔을 내려다보고 있었다.

'내가 워터볼 안으로 들어온 건가?'

멤버들은 솔을 향해 뭐라고 크게 외치는 것 같았다. 하지만 유리 벽에 막혀 웅웅거리는 정도로 들렸다.

솔은 일단 괜찮다는 듯 손짓했다. 그러자 조금 안심한 표정을 지었다.

솔은 다시 주위를 둘러보았다. 하지만 유리 벽 안에 있는 것 외에는 이 세상은 실존하는 것처럼 정교하기 짝이 없었다.

그때, 바로 옆에서 뛰어다니던 아이가 중심을 잃고 비틀거렸다. 솔은 순간 그 아이를 받아주려고 했다. 하지만 아이의 몸은 솔의 몸을 통과하면서 잔디밭 위로 넘어졌다.

'어?'

솔은 양손을 바라보았다. 반투명한 손 너머로 모든 게 비쳐 보였다. 마치 유령이 된 것 같았다.

아이는 아무렇지도 않게 다시 일어나서 씩씩하게 뛰어갔다.

솔은 눈을 가늘게 뜨고, 다시 한번 주위를 둘러보았다. 사람들의 옷차림을 보면 낯선 세계는 아니었다. 오히려 평범했다.

왠지 모르지만, 이상하게 밝고 부드러운 느낌이 들었다. 따듯한 물에 푹 잠긴 것처럼 평온했다.

곧 워터볼 속 세상의 정체는 아주 쉽게 해결이 되었다.

잔디 위에 '별빛 축제'라고 쓰여 있는 전단지가 널려 있었기 때문이었다.

이 축제는 솔도 알고 있었다. 어렸을 적에 솔의 가족이 다 함께 갔다고 들었다.

그런데 사람 많고 붐비는 곳에서 솔이 갑자기 사라졌었다고 했었다. 부모님께서 집에 오는 내내 말도 없이 어디에 갔냐고, 눈물 쏙 빠지게 야단쳤었다. 그래서 아직도 기억에 남아 있다.

솔은 자기도 모르게 중얼거렸다.

"매직 아일랜드."

어렸을 때 그곳에서 했다는 축제였다.

그때였다. 어떤 아이가 솔을 향해 전속력으로 달려왔다. 솔은 어차피 통과될 거란 걸 알아서 피하지 않았다.

퍽-!

하지만 놀랍게도 아이는 솔의 다리에 부딪혀서 넘어졌다. 솔이 당황해서 말했다.

"괜찮니?"

아이는 울지 않고 눈만 깜박였다. 솔은 서둘러 아이를 일으키고, 옷도 정리해줬다. 무릎을 털어주다가 알았다. 아이는 솔처럼 빛나는 눈빛을 지니고 있었다.

"사람 많은 곳에서 뛰면 안 돼. 부딪치면 다칠 수도 있어. 넘어지잖아."

아이는 시무룩한 표정으로 고개를 끄덕였다.

뽀얀 뺨을 가진 동글동글한 아이는 꽤 귀여웠다. 솔이 무심코 머리를 쓰다듬었을 때였다.

'왜 이 아이는 닿을 수 있지?'

솔이 반투명한 손을 쥐었다가 펼 때였다. 동글동글한 아이는 여전히 급하게 어디론가 뛰어갔다.

신기한 아이였다.

'잘도 달려가네. 나도 옛날에 저런 버릇 가지고 있어서 잘 넘어졌는데⋯⋯.'

솔은 눈을 깜박였다. 저 아이, 뭔가!

'내 어릴 적이랑 닮았어.'

이게 우연일까?

'설마?'

솔은 별빛 축제 전단을 밟으면서 주위를 둘러보았다. 축제여서 켜놓은 색색의 전구들이 가득했다.

저 전구들을 배경으로 한, 사진이 잔뜩 있었다. 솔의 집 거실에 그 사진이 걸린 액자가 있어서 알 수 있었다.

사람들은 솔을 통과한 채 지나갔다. 솔은 방금 뛰어간 어린 자신을 눈으로 좇았다.

한참 찾아 헤맨 끝에 다시 찾을 수 있었다.

아이는 천막으로 둘러싸인 한 부스 안으로 달려 들어갔다.

'저기가 어딘 줄 알고 막 들어가는 거야.'

천막에는 〈어린이 TRPG 체험 부스〉라고 쓰여 있었다. 평범한 축제 천막처럼 보이지만, 뭔가 감이 왔다.

따라가야 했다. 물론 그 이유는 알 수 없지만 말이다.

솔은 천막 안으로 들어갔다.

부스는 밖에서 본 느낌과 매우 달랐다. 분명히 밖에서 볼 때는 좁아 보였는데, 안은 몇 배는 더 커 보였다.

'매직 아일랜드라서 그런 건가?'

솔은 다른 세계에서 흔하게 봤던 공간 마법을 떠올렸다. 타호가 어떻게든 익히려 했지만, 지금도 감을 못 잡고 있었다.

'굉장한 상위 마법이 있는 곳이구나.'

굳이 공간 마법이 아니더라도 느껴졌다. 들어서자마자, 거대한 마력이 느껴졌다.

'도대체 여긴 어디지?'

솔은 천막 위를 바라보았다. 둥그런 구체가 희미하게 보였다. 이곳은 여전히 워터볼 안이었다.

"우와-!"

그때, 아이들의 웃음소리가 들렸다. 솔은 그쪽으로 뛰어갔다. 천막 안은 재잘거리는 소리로 가득했다.

'뭔가 게임을 하는 건가?'

무슨 게임인지는 잘 몰랐다. 중앙에는 큼직한 수정구슬이 있고, 아이들은 별빛으로 이어진 칸들을 깡충깡충 뛰며 한 칸 한 칸 밟았다.

그때 한 아이가 외쳤다.

"주사위를 던져 봐!"

솔은 그 아이의 모습을 보고 바로 알았다.

'타호다.'

큰 눈이 지금과 똑같았다. 솔은 이제야 알 것 같았다.

천막 안에 있는 아이들은 총 다섯 명이었다. 그리고 그 아이들의 얼굴들은 다 익숙했다.

'우리 멤버들이야.'

솔은 과거에 이런 일이 있었나 싶어 기억을 더듬었다.

그때, 주사위를 굴린 어린 타호가 말했다.

"음…… 도망칠 것인가, 시련을 택할 것인가……."

"설마 도망칠 건 아니지?"

"당연하지! 세상을 구하기 위해서라면 이쯤이야!"

아이들이 선택을 마치자, 테이블 가운데 앉아 있던 로브를 쓴 남자가 그들의 선택을 해설해 주었다.

"현자는 세상을 구하려고 나무에 매달렸습니다. 수없이 시간이 지난 뒤, 그는 찾던 것을 발견했습니다. 눈을 뜨니, 거대한 도서관이 있었죠."

이건 솔도 알고 있는 내용이었다. 또 다른 세계의 타호 이야기였다.

아이들은 바닥에 앉아서 로브를 쓴 남자의 말에 귀를 기울였다.

"자, 다음은 누구지?"

"저요!"

이번에는 어린 아비스가 주사위를 굴렸다.

'나는 이 게임을 알아.'

TRPG형 게임이었다. 해본 적은 없었지만, 몇 번 보고 들어 알고 있었다. 주사위를 굴려서 나아가고, 상황에 맞는 전개를 선택했다.

게임은 계속 이어졌다. 아이들은 많은 별빛들을 지나 마침 내 큰 별에 도착할 때마다 세상을 구하는 선택을 했다.

마지막 차례인 유진까지 도착했다.

참 이상했다.

이 세계를 토대로라면, 스타원 멤버들은 모두 어렸을 적 별 빛 축제에서 만나 함께 게임을 한 적이 있다.

그리고 이건 결코 우연이 아니었다.

아이들은 별을 쫓다가 한자리에 모였다. 그러자 한가운데 있 던 수정구슬이 붉게 변하며 까만 번개가 내려왔다.

그때, 로브를 쓴 사람이 말했다.

"마침내 용을 만나게 됐구나."

그는 한 손을 들어 올렸다. 수정구슬 속 까만 번개가 밖으로 튀어나왔다. 스파크가 튀는 덩어리는 곧 용의 형상을 한 채, 소년들을 휘감았다.

남자가 말했다.

"도망갈 수도 있단다. 너희들은 어떻게 할 거니?"

어린 유진과 솔이 외쳤다.

"도망가지 않아요!"

"맞아요! 끝까지 싸울 거예요."

남자는 살짝 웃으며 말했다.

"정말 무슨 일이 있어도 도망치지 않을 거니? 아무도 모르는 먼 곳으로 도망쳐버려도 되는데?"

아이들은 고개를 저었다.

남자는 희미하게 웃으면서 천장에 마법진을 불러냈다. 기하학적인 문양들이 넓은 천막 내부에 피어올랐다.

엄청난 마력에 피부가 따끔거렸다. 솔은 자기도 모르게 물러났다. 도대체 이 사람은 누구일까.

거대한 마력의 파동이 한순간에 끓어올랐다. 문양들은 갈라졌다 모이길 반복했다. 그러다 어느 순간 다섯 개로 쪼개졌다.

정체 모를 마법사는 천천히 팔을 내렸다. 그러자 각각의 마법진이 나비처럼 아이들에게 날아갔다.

마법진은 팔랑거리다 아이들 위에서 부서졌다.

금빛 가루들이 아이들에게 내려왔다. 솔은 이런 엄청난 마법을 한 사람을 바라보았다. 그 순간, 솔은 깨달았다.

깊게 눌러 쓴 로브, 그 밑으로 살짝씩 보이는 올라간 입꼬리. 익숙했다.

'아! 왜 몰랐지? 그 점술가잖아!'

예전 스타원에게 각자의 진명을 알려 준, 정체 모를 점술가.

왜 이 사람이 게임을 진행하고 있는 걸까?

〈별을 쫓는 소년들〉 6권 끝

별을 쫓는 소년들 6

WITH +OMORROW X +OGETHER

2023년 12월 20일 초판 1쇄 발행

기획/제작	HYBE
공동기획	WEB TOON

발 행 인	정동훈
편 집 인	여영아
편집국장	최유성
편 집	양정희 김지용 김혜정 김서연
디 자 인	DESIGN PLUS

발 행 처	(주)학산문화사
등 록	1995년 7월 1일
등록번호	제3-632호
주 소	서울특별시 동작구 상도로 282 학산빌딩
편 집 부	02-828-8988, 8836
마 케 팅	02-828-8986

ISBN 979-11-411-2002-3 03810
ISBN 979-11-411-1996-6 (세트)

값 9,800원